http://www.bbulmedia.com

武神
무신

武神 무신

1판 1쇄 찍음 2015년 3월 24일
1판 1쇄 펴냄 2015년 3월 27일

지은이 | 박정찬
펴낸이 | 정 필
펴낸곳 | 도서출판 **뿔미디어**

편집장 | 이재권
기획 · 편집 | 윤영상

출판등록 | 2002년 9월 11일 (제1081-1-132호)
주소 | 부천시 원미구 소향로 17번길(두성프라자) 303호 (우)420-865
전화 | (032)651-6513 / 팩스 032)651-6094
E-mail | bbulmedia@hanmail.net

값 8,000원

ISBN 979-11-315-6319-9 04810
ISBN 978-89-6775-251-4 04810 (세트)

武神

무신

5

〈완결〉

박정찬 퓨전 판타지 소설

contents

Chapter 42
황태자의 자신감

아스카 제국에서 보낸 외교 사절과 비잔틴 제국에서 보낸 관리마저 곱게 보내지 않았던 차니는 적잖이 당황하고 있었다.

이유인 즉, 비잔틴 제국 내부에서 경제활동 중인 모든 파운드 제국 국민에게 피해가 돌아갔기 때문이었다.

비잔틴 제국은 작심한 듯 제국 내 모든 항구에 중앙 기사단을 파견해 파운드 제국 국민들을 색출해 체포했고, 이 과정에서 조금이라도 저항하는 자는 죽음을 면치 못했다.

아스카 제국과의 전쟁으로 부족해진 물자를 보충하기 위해 비잔틴 제국과의 무역을 적극 권장하던 파운드 제국 정부로서는 당황스럽기 짝이 없는 일이었다.

소식을 듣자마자 파운드 제국의 황제는 일체의 예외를 허용치 않고 모든 귀족을 황성으로 불러들였다.

쾅!

"이놈들이 감히……."

분을 삭이지 못한 파운드 제국 황제가 전에 없이 탁자를 내려치며 숨김없이 분노를 표출하고 있었다.

"폐하, 고정하시옵소서."

분노한 황제를 말릴 수 있는 유일한 존재인 몬테규 대공이 그를 진정시키려 노력했다.

"대공, 짐은 도무지 화를 가라앉히기 힘드오. 내 백성들을 살리려 아스카 제국과 전쟁을 벌였는데 생각지도 않은 비잔틴 제국이 내 백성들을 핍박하고 있으니 이를 대체 어찌하면 좋단 말이오?"

잠시 뜸을 들인 몬테규 대공이 답했다.

"우선 그들이 왜 그런 일을 벌였는지 이유부터 알아보는 것이 순서인 듯합니다."

대공의 말이 끝나기 무섭게 차니가 나섰다.

"죄송합니다, 모두 제 불찰입니다."

좌중의 시선이 자신에게 집중되자 차니가 그간 있었던 일들을 털어놓았다.

바로 아스카 제국에서 보낸 사신들과 그들의 뒤를 받쳐 주려 동행했던 비잔틴 제국의 사신들과의 일이었다.

그제야 그곳에 모인 모든 사람들은 이것이 우발적인 사건의 연속이 아니라 어쩌면 대륙전쟁의 신호탄이 될지도 모를 일이란 것을 인식하게 되었다.

과연 파운드 제국의 국력은 동시에 두 개의 제국과 전쟁을 벌일 수 있을까?

비록 아스카 제국과의 전쟁이 막바지에 들어섰다고는 하나 다른 곳에서 또 다른 전쟁이 벌어진다면 예상치 못한 전개가 펼쳐질지도 몰랐다.

파운드 제국이 쥐고 있던 통치의 끈이 느슨해지는 순간 아마도 빼앗긴 나라를 되찾으려는 아스카 제국의 시도가 활발히 이뤄질 것이고, 어쩌면 상당 부분 그들의 의도대로 진행될지도 모를 일이었다.

그런 최악의 순간을 맞이했다고 다시 병력을 다시

아스카 제국으로 돌려 버리면 그 순간 비잔틴 제국과의 전쟁에서 패하고 말 것이니, 아스카 제국을 완전히 점령하기 전까지 비잔틴 제국과의 전쟁은 절대로 피해야 할 일이었다.

회의실의 오랜 침묵을 깬 건 의외로 황태자였다.

공식석상에 항상 황제의 곁에 자리하고만 있었지 기침 소리 한 번 내지 않던 그가 무슨 말을 하려는 것일까?

그러고 보니 오늘은 황태자가 입고 있는 옷조차 요란스러웠다.

핏빛처럼 붉은 상, 하의에 샛노란 휘장까지 두른 모양새가 황태자의 신분을 과시하는 것처럼 느껴질 정도였다.

"아버님, 제가 비잔틴 제국으로 가 이번 사태를 수습해 보겠습니다."

황제는 물론 그곳에 있던 모든 이들이 당황하기 시작했다.

가장 먼저 몬테규 대공이 나섰다.

"황태자 전하, 그건 아니 될 말씀입니다. 지금처럼 어수선한 시기에 황위 계승 서열 1위이신 분께서 적

武神

진 한복판으로 가시겠다니요!"

늦어도 한참 늦어서야 아들이 생긴 몬테규 대공에게 황태자는 친아들과 다름없는 존재였다.

공의로는 황태자지만, 사사로이는 가장 친한 친구의 장남이었고 그의 성장 과정을 내내 지켜보며 함께 울고 웃었던 그였다.

비록 황태자가 장성했고 또 제 한 몸 지킬 만큼 강해졌다고는 하나, 몬테규 대공이 볼 때에는 여전히 자신이 반드시 지켜야 할 아이일 뿐이었다.

몬테규 대공의 마음이 그럴진대 황제의 심정은 오죽할까?

곧이어 황제가 몬테규 대공의 말을 받았다.

"대공의 말이 옳다. 황태자는 말을 삼가라."

하지만 다음 순간 여기 모인 모든 귀족들의 눈이 다시 커지게 된다.

존재감 없이 자리만 지키고 있던 황태자가 사태를 수습하겠다고 나선 것만 해도 놀라운데 황제의 명을 정면으로 반박했기 때문이다.

"따를 수 없습니다."

생각지도 못했던 황태자의 돌발 행동에 황제는 어

안이 벙벙해졌다.

"무어라?"

"따를 수 없다 했습니다."

"어찌하여?"

"나라가 존망의 기로에 선 지금 제가 아무것도 하지 않는다면 장차 누가 저를 따르려 하겠습니까. 또한 지금은 비잔틴 제국과도 전쟁을 해야 할지 말아야 할지를 판단해야 하는 상황이지 않습니까? 대체 누가 그 판단에 책임을 질 수 있겠습니까? 오직 저만이 할 수 있는 일입니다. 허락해 주십시오."

황태자의 말에 황제는 다시 한 번 말문이 막혀 버렸다.

듣고 보니 모두 맞는 말이다.

이번 전쟁이 대륙전쟁으로 번지는 것을 막으려면 협상을 해야 한다.

당연한 말이지만 그 협상이 실패하게 된다면 전쟁도 불사해야 하는 것이다.

하지만 대체 어떤 패를 보여 줘야 비잔틴 제국의 마음을 돌릴 수 있단 말인가.

그렇다고 협상 한 번 시도해 보지 않고 전쟁을 시

작할 순 없지 않은가.

그들이 요구하는 것이 있다면 들어줄 권한이 있고, 반대로 그들과 전쟁을 하게 된다면 그 책임을 져야 할 누군가가 협상 자체를 시도하는 것이 옳은 일이었다.

그런 의미에서 황태자는 황제를 제외한 최고 적격자였다.

그럼에도 불구하고 황태자를 비잔틴 제국에 보낼 수는 없는 노릇이니 답답할 노릇이었다.

그때 제이가 나섰다.

"제이 드 율리우스, 황태자 전하와 동행하기를 청합니다."

담담한 목소리였지만 제이의 말은 어느새 온 회의실에 진동을 일으키고 있었다.

전인미답의 경지인 매직 마스터.

그가 아니라면 세상에 없었을, '매직 마스터'란 단어를 만든 인물.

그가 황태자를 호위하겠노라 나서자 회의실의 분위기가 급격히 달라졌다.

아무리 많은 인원이 황태자의 신변을 위협한다고

해도 제이가 황태자를 본국으로 텔레포트 시키는 데엔 무리가 없으리란 판단이 선 것이다.

순간 황태자의 얼굴에도 희미한 미소가 스쳤다. 그리고 다음 순간 황제가 아닌 황태자의 목소리가 들렸다.

"허락한다. 율리우스 공작은 나를 도와 비잔틴 제국이 본국을 위협하지 않도록 힘써 주기 바란다."

곧바로 자리에서 일어난 제이가 한쪽 무릎을 꿇으며 답했다.

"제이 드 율리우스, 명을 받듭니다."

순식간에 일어난 일에 황제와 몬테규 대공은 당황을 금치 못했지만, 저쪽 한편에 앉아 있던 차니는 달랐다.

그때까지 잠자코 앉아 있던 차니의 입가에 알 듯 말 듯한 미소가 비춰진 것이었다.

그리고는 이내 차니의 입술이 열렸다.

"신(臣) 차니 드 몬테규 또한 황태자 전하의 곁을 지키도록 청합니다."

일순간 회의실에 정적이 흘렀고 이번에는 황제의 목소리가 들려왔다.

"허락한다. 그대들이 황태자와 동행한다면 어디든 가지 못할까?"

기분 좋은 황제의 음성에 좌중이 약속이라도 한 듯 밝아진 표정으로 고개를 끄덕였다.

목격한 자도 있고 소문으로만 들은 자도 있지만 지금의 파운드 제국을 지탱하고 있는 두 공작이 가진 힘은 황태자를 지키기에 충분하다 믿고 있었다.

그곳이 비록 적진 한복판일지라도.

황태자가 다시 입을 열어 소란스러운 분위기를 잠재웠다.

"외무대신은 즉시 비잔틴 제국에 연락토록 하라. 내일 아침 그들의 수도로 내 직접 방문하겠노라고!"

황태자의 선언이 다시 황제와 몬테규 대공을 당황시켰지만 그런 그들이 뭐라 하기도 전에 황태자의 입이 먼저 열렸다.

"폐하, 저는 이미 다른 수행원이 필요치 않습니다. 날이 밝는 대로 다녀오겠습니다."

마치 어딘가로 피크닉이라도 떠나는 뉘앙스였다.

무거운 분위기로 열렸던 그날의 회의는, 황태자의 첫 행보를 결정짓는 것으로 일단락되었다.

잠시 후 황태자의 집무실로 차니와 제이가 들어가는 모습이 보였다.

"황태자 전하를 뵙습니다."

나란히 한쪽 무릎을 꿇어 예를 표하는 제이와 차니를 손수 일으킨 황태자가 웃으며 입을 열었다.

"용케도 기억들 하고 있었군. 오래전 일이라 기억하지 못한다 해도 탓할 마음은 없었는데……."

당치 않다는 듯 차니가 대답했다.

"소신이 어찌 잊을 리 있겠습니까? 황태자 전하의 크신 은혜가 아니었으면 가장 친한 친구를 잃을 뻔했던 일을."

하지만 차니의 말이 끝나기도 전에 제이가 끼어들었다.

"저야 그렇다 쳐도, 차니 공작의 어린 마음에 큰 병이 들어 내일을 알 수 없었지요."

그런 그들의 반응에 황태자는 여전하다는 듯 호탕한 웃음을 보였다.

파운드 제국의 아카데미는 엄격하기로 유명한 명성답게 규정에 대한 일체의 예외를 허용치 않았다.

하지만 단 한 번 그 아카데미의 가장 큰 규율인 '영내 이탈 금지' 조항이 비공식적으로 깨져 버린 일이 있었는데 그 주인공은 물론 차니와 제이였다.

시작은 이러했다.

아카데미가 좁다고 설쳐 대던 두 명이 로체의 졸업과 동시에 몸 져 앓아눕는 사태가 발생했는데, 공교롭게도 그때 황태자가 아카데미 시찰을 하러 방문했던 것이다.

그때 아카데미 최고의 수재이자 악동인 두 명의 공석이 궁금해 그들의 지도 교사에게 행방을 물었던 황태자는 그들이 건강상의 이유로 아카데미 내의 병원에 입원해 있다는 말을 들었다.

황궁에 있으면서도 유례없는 능력치를 뽐내는 둘이 아카데미에 있다는 소리를 자주 들어왔던 황태자로서는 그들의 건강이 걱정되어 도저히 그냥 지나칠 수가 없었고 조금의 망설임도 없이 그들이 입원해 있던 병실을 찾아 나섰다.

아닌 게 아니라 제이와 차니가 사경을 헤매고 있자 황태자는 황급히 황실에 기별을 넣어 자신의 주치의를 불러왔다.

불려온 주치의—물론 마법사였다—는 자신의 능력을 입증하기라도 하듯 하루도 지나지 않아 차니와 제이의 건강을 회복시키는 기염을 토했다.

늦은 밤이었지만 그때까지 아카데미에 머물고 있던 황태자는 다시 그곳을 방문하여 직접 그들의 건강을 살폈다.

어린 마음에도 황태자의 그런 처사가 과분하게 느껴졌던 제이와 차니는 어찌할 바를 몰라 그저 얼굴만 붉힐 뿐이었다.

그런 그들의 뺨을 어루만지며 정을 표시한 황태자가 부드러운 목소리로 말했다.

"좀 괜찮으냐?"

약속이라도 한 듯 차니와 제이가 동시에 대답했다.

"예, 저하."

빙긋 웃으며 황태자가 말을 이었다.

"다행이로구나."

그렇게 이어진 그들의 대화는 마치 큰 형과 어린 동생들의 그것처럼 살가웠다.

밤이 깊어질 때까지 그들에게 시간을 할애한 황태자가 이제 돌아가야겠다는 듯 마지막 말을 꺼냈다.

"자, 아쉽지만 나는 이제 돌아가 봐야겠구나. 가기 전에 내게 청할 것이 있으면 거리낌 없이 말해 보거라."

그런데 여기서 제이의 말이 가관이었다.

잠시 머뭇거리는 듯싶더니 작심한 듯 제이가 하소연하기 시작한 것이다.

"황태자 전하, 잠시만 아카데미를 나갔다 오면 안 될까요?"

겨우 8살짜리 꼬마가 눈물을 글썽이며 부탁해 오자 황태자는 측은한 마음이 들었다.

비록 기간이 짧기는 했지만 황태자 자신도 겪었던 아카데미 생활이 떠오른 것이었다.

이미 10년도 더된 일이지만 지금도 기억날 정도로 부모님이 그리웠고 집이 그리웠었다.

그래서일까? 황태자는 가만히 고개를 끄덕이다 차니를 바라보았다.

황태자의 시선을 느끼기 무섭게 차니의 입이 열렸다.

"황태자 전하, 저도 제이와 함께 잠시만 아카데미를 나갔다 오고 싶습니다."

아카데미의 엄격한 규율을 누구보다 잘 알고 있는

황태자로서는 이거 참 난감한 일이었다.

하지만 자신이 거리낌 없이 말해 보라 했으니 누구를 탓하랴.

황태자는 결심한 듯 고개를 끄덕였다.

"그래, 얼마나 나갔다 오면 되겠느냐?"

언제 아프기라도 했냐는 듯 화색이 돈 제이와 차니가 입을 모아 말했다.

"한 시간이면 충분합니다."

황태자가 의아한 듯 고개를 갸우뚱거렸다.

"오랜만에 집에 가는 것인데 고작 한 시간이면 서운하지 않겠느냐?"

황태자의 말에 제이와 차니는 무슨 말씀하시냐는 듯 고개를 가로저으며 말했다.

"집에 가려 그러는 것이 아닙니다."

"그래? 그러면 어디를 가려고 하느냐?"

황태자의 물음에 잠시 머뭇거리던 제이가 과감하게 내뱉었다.

"얼마 전에 졸업한 로체 누나를 보러……."

시작은 과감했지만 결국엔 말을 끝까지 맺지 못하는 제이였다.

황태자가 설마 하는 마음에 되물었다.

"로체라는 누나가 그리도 보고 싶은 것이냐?"

황태자의 물음에 꼬마 제이는 그만 울음이 터지고
말았다.

하도 어이가 없어 차니를 바라보자 차니 또한 억지
로 울음을 참고 있을 뿐 일그러진 표정이 혼자 보기
아까울 지경이었다.

'어른도 다가가지 못하는 경지를 이뤘다고 하나 아
직 어린 아이들일 뿐이구나.'

하는 생각이 든 황태자는 본격적으로 꼬마들을 놀
리기 시작했다.

"누나가 보고 싶으냐?"

황태자의 말에 제이는 통곡하기 시작했다.

"네, 엉엉. 느무느머(너무너무) 브그으어요(보고
싶어요). 엉엉."

그 모습이 어찌나 귀엽던지 황태자는 그만 웃음을
터트리고 말았다.

"오냐, 그렇게 하려무나. 단, 두 번은 안 된다."

황태자의 말에 제이와 차니가 얼싸 부둥켜안고 좋
아했다.

잠시 그 모습을 흐뭇한 미소로 바라보던 황태자가 둘을 불러 모으더니 귀엣말하듯 작은 목소리로 말했다.

"내일 점심시간에 다녀오게 해 주마. 단, 절대 이 일을 누구에게도 말하면 안 된다. 알았지?"

두 꼬마는 비장한(?) 표정을 지으며 고개를 끄덕였다.

그런 제이와 차니의 머리를 쓸어내려 주고 자리를 일어난 황태자의 등 뒤로 꼬마 제이의 목소리가 들렸다.

"감사합니다, 황태자 저하."

다음 날, 황태자는 약속대로 사람을 보내 차니와 제이를 비밀리에 로체의 집으로 공간이동 시켜 주었고 차니와 제이 또한 약속대로 한 시간이 지나지 않게 아카데미로 돌아왔다.

그 후에도 황태자는 아카데미를 방문할 때마다 어김없이 차니와 제이를 찾아 함께 시간을 보내곤 했는데, 그러던 어느 날 차니가 황태자에게 물었다.

"황태자 저하, 궁금한 것이 있습니다."

꼬마 주제에 조숙하게 말하는 모양새가 귀엽기만 했다.

그래서인지 한껏 부드러운 목소리로 황태자가 답했다.

"말해 보라."

다정한 목소리에 용기를 얻은 듯 차니가 지체 없이 말을 이었다.

"제이와 저에게만 과분한 관심을 주시니 저희는 어찌 보답해야 할지를 모르겠습니다."

조숙하기만 한 그 말에 황태자가 크게 웃으며 답했다.

"너희는 다만 무탈하게 자라 주기만 하면 된단다. 아프지 말고 건강하게 자라 주기만 하면 돼."

나름대로 진지하게 물어본 질문에 황태자가 성의 없게(?) 대답하자 차니와 제이의 표정에는 실망이 가득했다.

그 모습이 또 어찌나 귀여운지 황태자는 큰마음 먹고 그들에게 빛을 지어 주기로 마음먹었다.

"다른 게 필요한 것이더냐?"

황태자의 물음에 이번에는 제이가 답했다.

"예, 황태자 저하. 저희가 따를 수 있는 것으로 말씀해 주셨으면 합니다."

두 꼬마의 진지한 표정에 터져 나오려는 웃음을 간신히 참은 황태자가 진지한 표정으로 답했다.

"너희는 내 목숨이 위태로울 때 주저 없이 나를 지키거라. 하지만 너희가 대신 죽는 것 또한 원치 않으니, 누구도 너희의 신변을 위협할 수 없는 강한 사람이 되어 나를 지키도록 하라."

아마도 이 정도면 사춘기의 충성에 물든 저들을 만족시키리라 하는 생각에 던진 말이었지만 그 파장은 엄청났다.

벌떡 일어선 차니와 제이가 전에 없던 비장한 표정으로 한쪽 무릎을 꿇어 예를 표하며 대답했다.

"황태자 저하의 명을 받듭니다."

"황태자 저하의 명을 받듭니다."

오히려 말을 꺼낸 황태자가 민망할 지경이었다.

그리고 세월이 훌쩍 지난 오늘 그때의 두 소년은 정말로 그 약속을 지키기 위해 황태자의 곁에 서 있었다.

Chapter 43

평화 회담

비잔틴 제국에서도 가장 경계가 삼엄한 수도 아브라함.

벌써 십수 년째 망루에서 경계를 서고 있는 웨인은 변함없이 여명이 밝아 오는 광경을 보며 희망찬 하루를 기도했다.

그런데 웨인의 그 짧은 상념이 채 끝나기도 전에 저편에서 피어오르는 먼지 기둥이 보였다.

다수의 인원이 말을 달릴 때에나 생기는 광경이니만큼 웨인은 지체 없이 수정구를 꺼내 상급자에게 보고했다.

"수상한 무리 발견. 말을 타고 이동 중인 것으로 예상. 이곳으로 오고 있으니 지시를 내려 주기 바랍니다. 이상."

그런데 엄격하기로 둘째라면 서러워할 자신의 상사가 의외의 명령을 하달했다.

"지체 없이 통과시키도록. 이상."

제국 전체에 동원령이 내려진 마당에 사전 통보도 없는 무리를 검문조차 하지 말고 통과시키라는 상사의 말이 도무지 이해되지 않았지만 부하란 그저 따를 뿐이었다.

다른 곳의 사정도 마찬가지인 듯 웨인이 보고한 수상한 무리는 비잔틴 제국의 수도 깊숙한 곳까지 쉼 없이 말을 달렸다.

웨인이 수십 명으로 예상했던 그 무리는 가까이에서 보자 겨우 네 명이 전부였다.

바로 파운드 제국의 황태자와 차니, 제이 그리고 우여곡절 끝에 차니의 가신이 된 마크였다.

출발하기 전 제이가 일행들의 말에 마법을 걸어 둔 탓에 본래 능력보다 몇 배나 큰 힘을 갖게 된 말들이 만들어 낸 먼지 기둥이 오랜 경험에서 나온 웨인의 노련함마저도 무너지게 한 것이었다.

마침내 그들을 제지하는 자가 나타나자 기다렸다는 듯 파운드 제국의 일행들은 달리던 말을 멈추었다.

태양처럼 밝은 금발의 사내가 근엄한 목소리로 말했다.

"파운드 제국에서 오신 분이 맞으십니까?"

사내의 물음에 제이가 답했다.

"그렇습니다. 존귀한 분께서 동행 중이시니 부디 번거롭지 않은 절차를 부탁드립니다."

제이의 말에 상대는 고개를 끄덕이며 말을 이었다.

"그렇잖아도 그 부분을 염려하여 제가 직접 나선 것입니다. 저를 따라오시기 바랍니다."

사내의 말이 끝나자 제이와 차니가 가운데에 있던 황태자에게 시선을 돌렸고 그들의 시선이 닿자마자 황태자는 고개를 끄덕여 사내를 따라갈 것을 허락했다.

사내를 따라 얼마나 달렸을까?

사방이 뻥 뚫린 곳에 막연하게 솟아오른 건물 하나가 눈에 들어왔다.

사내가 그 건물 앞에서 말을 멈추자 파운드 제국의

무리들도 모두 말에서 내려 건물의 문 앞에 섰다.

문 안쪽에서 기다리고 있던 자가 공손한 말투로 안내를 자청하자 파운드 제국의 무리들은 조용히 그 뒤를 따라 안으로 들어섰다.

아마도 황제를 위해 수도 내에 마련된 별궁쯤 되는 듯 건물 곳곳은 격조 높은 장인의 솜씨로 지어져 있었다.

특이한 것은 혹시라도 그곳에 침입한 자가 있다면 당황스러울 만큼 일체의 엄폐물이 없다는 것이었다.

드디어 파운드 제국의 일행들이 건물 내부로 들어서려는 찰나 여태껏 그들을 안내했던 사내가 조용히 입을 열었다.

"한 분만 입장하시기 바랍니다. 회담장은 바로 앞에 보이는 문 안쪽이니 다른 분들께서는 너무 걱정하지 않으셔도 됩니다."

아닌 게 아니라 차니와 제이는 진즉부터 바로 앞에 보이는 방에서 누군가가 기다리고 있다는 것을 느끼고 있었다. 그런데 문제는 인원 수였다. 차니와 제이가 파악한 인원은 총 4명이었던 것이다.

즉시 제이가 이견을 제시했다.

"그렇다고 해도 귀국에서는 이미 네 분이 자리하고 계신 듯한데 어찌 우리 제국의 인원만 한 명으로 제한하는 것입니까?"

귀신같은 제이의 말에 흠칫 놀란 사내가 우물쭈물하자 파운드 제국의 황태자가 손을 들어 제이를 제지했다.

"필요하면 부르면 될 거 아닌가? 걱정 말라."

아무리 차니와 제이가 밖에 있다고는 하지만 이곳은 적지였다.

그러나 황태자는 아무런 불안감도 못 느끼겠다는 듯 잠시의 머뭇거림도 없이 안으로 성큼 들어섰다.

그곳에는 전날 급작스런 통보를 받았음에도 불구하고 비잔틴 제국 최고의 인사들이 집결해 있었는데 비잔틴 제국의 황제와 사르다비 공작, 에드워드 공작과 리처드 후작이 바로 그들이었다.

목조 건물 특유의 따뜻함이 묻어나는 실내였지만 가운데 덩그러니 놓여진 탁자와 의자만이 있을 뿐 원래의 용도를 알 수 없을 만큼 휑한 회담장이었다.

탁자의 벽 쪽이 아스카 제국 측의 자리이고, 창가 쪽이 파운드 제국을 위한 좌석으로 보였다.

파운드 제국의 황태자가 다섯 개의 의자 중 한 가운데의 의자로 가 앉자 정면에 앉은 자가 말을 건넸다.

"먼 길 오시느라 고생이 많으셨소. 무척 오랜만이구려."

가벼운 인사말에서조차 느껴지는 권위. 그가 바로 아스카 제국의 황제 '빌헬름 드 비잔틴'이었다.

권력을 지키는 방법은 두 가지이다.

하나는 무력이고 나머지 하나가 바로 권위이다.

무력은 노력만 한다면 누구나 가질 수 있다.

그러나 권위는 태어날 때부터 모든 걸 가진 사람이 아니고서는 좀처럼 가지기 힘든 것이었다.

파운드 제국의 황태자는 조금 전 비잔틴 제국 황제의 권위에 위축되는 자신을 발견하고는 퍼뜩 마음을 다잡았다.

"편의를 봐주신 덕분에 막힘 없이 올 수 있었습니다. 감사합니다."

황태자의 말에 미소를 보이며 고개를 끄덕이던 비잔틴 제국의 황제가 다시 입을 열었다.

"듣자하니 전날 급히 회담을 요청했다고 하던데,

무슨 일이기에 황태자께서 직접 나선 것이오?"

다짜고짜 본론으로 들어오는 것을 보고 마음에도 없는 지루한 안부를 묻느니 오히려 잘됐다고 생각한 파운드 제국의 황태자가 차분히 대답했다.

"본국이 아스카 제국과 전쟁 중인 것은 이미 알고 계실 거라 생각합니다."

비잔틴 제국의 황제가 고개를 끄덕이자 파운드 제국의 황태자는 지체 없이 말을 이었다.

"이 전쟁에 비잔틴 제국은 빠져 주셨으면 합니다."

단도직입적인 황태자의 말에 비잔틴 제국 측 인원들은 고개를 갸웃거렸다.

그들이 알고 있기로는 본디 외교란 장시간을 서론에 투자하여 자신의 논리를 만든 다음, 상대의 논리를 공격해 원하는 바를 달성해 나가는 극심한 정신노동인데 지금 황태자는 그 중요한 절차를 모두 각설하고 본론부터 꺼내는 것이었기 때문이었다.

그들이 알고 있는 지식과 경험으로는 이런 식의 외교는 아예 설득력이 없는 것이었다.

왜냐하면 바로 이어질 자신들의 질문 공세에 황태자는 자신의 논리와 명분을 잃어버릴 수밖에 없을 것이기 때문이었다.

아니나 다를까. 사르다비 공작이 지체 없이 그러나 느긋한 목소리로 입을 열었다.

"황태자 저하, 혹시 저를 기억하시는지요?"

파운드 제국의 황태자는 느긋하게 고개를 끄덕였다.

자신의 아버지인 파운드 제국의 황제에게 몬테규 대공이 있다면 비잔틴 제국의 황제에게는 사르다비 공작이 있었다.

지금의 비잔틴 제국 황제가 그의 황태자 시절부터 곁에서 보좌하며 지금까지 스스로의 의지로 모든 행보를 이어 나갈 수 있도록 충실한 손과 발이 되어 주고 있는 존재인 사르다비 공작을 비록 타국이라고는 하나 파운드 제국의 황태자쯤 되는 인물이 모를 리 없었다.

"황태자 저하께서 하시는 말씀은 우리 아틀란티스 대륙 전체의 평화를 위협하는 발언이란 것도 알고 계시는지요?"

말장난이 시작되려는 순간 황태자는 더 들을 필요도 없다는 듯 오른손을 들어 사르다비 공작의 입을 막았다.

"오래토록 본국의 평화를 위협해 온 아스카 제국을 벌하는 것이 오히려 우리 세계의 평화를 위협한다는 것을 받아들일 수 없습니다. 또한, 저는 부탁들 하러 온 것이 아닙니다."

듣기에 따라 오만하게 비춰지는 황태자의 말에 비잔틴 제국의 황제는 아직 여유를 잃지 않은 표정으로 되물었다.

"그럼 무엇 때문에 이다지도 급히 짐을 보고자 했던 것인가?"

파운드 제국의 황태자 또한 지지 않을 만큼 여유로운 표정으로 답했다.

"비잔틴 제국의 역사를 위해서입니다."

"무슨 뜻인가?"

"아스카 제국을 돕기 위해 본국과의 전쟁을 감행하신다면 비잔틴 제국의 역사는 끝날 것이라는 뜻입니다."

황태자의 말이 끝나기 무섭게 비잔틴 제국 황제의 표정은 일그러졌고, 그보다 빨리 그때껏 자리만 지키고 있던 리처드 후작이 벌떡 일어나며 소리쳤다.

"입조심하시오!"

비록 다른 나라이기는 하나 일국의 황태자에게 후작이 소리치는 것은 예의에 맞지 않는 것이었으나 아무도 그를 제지하지 않았다.

오히려 에드워드 공작은 한 술 더 떴다.

"폐하, 지금 저 황태자를 돌려보낸다면 두고두고 수치가 될 것입니다. 부디 제가 직접 목을 베도록 윤허하여 주시기 바랍니다."

라고 지껄이며 울분 섞인 목소리를 토해 내고 있었던 것이다.

비잔틴 제국의 황제는 속으로는 열두 번도 더 그러라고 하고 싶었지만 황제라는 위치는 기분에 따라 판단해 버릴 수 있는 자리가 아니었다.

그렇다고 어린 황태자의 입에서 나온 오만하기 짝이 없는 망발을 참고 있자니 속이 터질 것처럼 답답했다.

그런데 그때 황태자가 그런 그들의 속에 기름을 붓는 짓을 해 버렸다.

"에드워드 공작! 리처드 후작! 그대들은 귀족의 신분으로 있으면서도 타국의 황태자를 대하는 예의를 모른단 말이냐?!"

젊은 혈기를 누르지 못한 리처드 후작이 한 걸음에 황태자에게 다가가려는 순간.

그는 태어나서 처음으로 죽음의 섬뜩한 기운을 느꼈다.

순간적인 살기에 당황한 그의 마음을 아는지 모르는지 건물 밖에서 외침이 들려왔다.

"황태자 저하, 신 차니 드 몬테규 입실하여 곁을 지키길 청하옵니다."

기다렸다는 듯 파운드 제국의 황태자가 답했다.

"두 공작은 즉시 들어와 내 옆에 좌정하라!"

황태자의 말에 차니와 제이는 즉각 건물로 달려 나갔다.

그런 그들의 대화를 사르다비 공작이 비웃으며 파운드 제국의 황태자에게 말했다.

"황태자 저하, 그들이 소드 마스터가 아닌 이상 이곳으로 오기 힘들 것입니다. 아니, 소드 마스터라도 그들이 이곳에 도착하기 전에 황태자 저하의 신변은 저희에게 구속될 것입니다. 이런 때를 대비하여 건물 입구와 주변에는 이미 본국의 황실 근위 기사단이 잠복 중이기 때문입니다. 잘 아시다시피 본국의 황실 근위 기사단은 수십 명의 소드 레이더스와 수백 명의 소드 그레듀에이트가 속해 있……."

사르다비 공작의 말이 채. 끝나기도 전에 회담장의 문을 노크하는 소리가 들렸다.

파운드 제국의 황태자는 피식 웃으며 소리쳤다.

"들라."

곧바로 문이 열렸고, 비잔틴 제국의 황제와 귀족들은 설마설마 하는 마음으로 들어오는 자가 누군지 확인했다.

"신 차니 드 몬테규, 황태자 저하의 부름을 받고 입실했습니다."

"신 제이 드 율리우스, 역시 황태자 저하의 부름을 받고 입실했습니다."

자신의 충실한 신하들이 눈앞에 들어오자 더욱 자신감 넘치는 표정의 파운드 제국 황태자가 말했다.

"속히 와서 좌우에 좌정하라."

"명을 받듭니다."

"명을 받듭니다."

말을 마친 차니와 제이가 뚜벅뚜벅 걸음을 옮겼다.

그때껏 달려 나온 탓에 어정쩡한 위치에 서 있던 리처드 후작이 다시 자신의 의자로 가기 위해 걸음을 옮기려는 찰나.

빛의 속도로 다가온 차니가 검을 빼지 않고 검집 채 휘둘러 리처드 후작의 오른쪽 오금을 강하게 때렸고 '퍽' 소리와 함께 리처드 후작의 무릎이 저절로 꿇어졌다.

쿵.

리처드 후작의 무릎이 바닥과 부딪치며 내는 소리에 차니의 움직임을 놓친 비잔틴 제국의 모든 인원이 소스라치게 놀랐다.

리처드 후작이 누군가?

젊은 나이에도 불구하고 그 탁월한 재능과 불굴의 노력으로 소드 마스터에 오른 입지적인 인물을 뉘라서 감히 저렇게 만들 수 있단 말인가.

아니, 혹시 그런 마음을 먹었더라도 그것을 행동에 옮기고 실제로 이뤄 낼 수 있단 말인가?

순간 넋이 나간 비잔틴 제국의 대표들 따위는 안중에 없다는 듯 차니의 외침이 이어졌다.

"타국의 황태자 저하를 뵐 때는 무릎을 꿇어 예를

표하는 것도 모른단 말이냐!"

무슨 개소리를 지껄이는 것이냐며 저항하고 싶은
마음도 찰나. 리처드 후작의 머릿속에는 어쩌면 정말
죽을 수도 있다는 생각이 스쳐 갔다.

그가 잠깐 망설이는 모습을 보이자 지체 없이 다시
검집을 높이 들던 차니의 귓가로 기다리던 말이 들려
왔다.

"비잔틴 제국의 리처드가 파운드 제국의 황태자 저
하를 뵙습니다."

리처드 후작의 그 말에 파운드 제국의 황태자는 고
개를 끄덕이며 '일어나도 좋다.'고 답했지만 동시에
에드워드 공작과 사르다비 공작은 분노에 찬 외침을
토해 냈다.

"리처드 후작 뭣하는 짓이냐!"

"리처드 후작! 무릎을 꿇어 타국의 황태자를 맞는
것은 속국이 대국에게 하는 예절이다. 너는 지금 본
국을 파운드 제국의 속국으로 인정한 것이냐?!"

아차 싶어진 리처드 후작이 다급히 일어났지만 에
드워드 공작의 몸은 이미 문제의 원흉인 차니에게 쏟
아져 나간 후였다.

오랜 시간 비잔틴 제국 무력의 자존심으로 상징되어 온 에드워드 공작답게 그의 공격은 매섭고도 무거웠다.

그러나 차니는 검집에서 검을 살짝 빼내 별 어려움 없이 타오르는 용암처럼 붉은 에드워드 공작의 소드 스피릿을 흘려 막았다.

챙!

습격에 가까운 자신의 공격이 막혔지만 별다른 당혹감을 보이지 않은 에드워드 공작이 재차 공격을 가하려는 순간.

'그만. 에드워드 공작은 그만 검을 거두시오.' 라는 비잔틴 제국 황제의 목소리가 들려왔다.

리처드 후작은 그렇다 치고 에드워드 공작의 권위까지 흠집이 생긴다면 파운드 제국과의 전쟁은 시도조차 하지 못할 가능성이 컸다.

소드 마스터가 두 명이나 있다고는 하나, 둘 모두 파운드 제국의 공작 하나를 어찌지 못하고 있는 것이 사실이었다.

비록 그 외모는 생소했지만 그의 가문은 귀에 못이 박히도록 들었었다.

'몬테규 대공가.'

신께서는 다행히 그 가문에 단 한 명의 아들만을 허락하시지만, 결코 대(代)가 끊어지게는 하지 않으셨고, 또한 단 한 번의 예외 없이 그 후계자는 소드마스터의 경지를 이뤄 냈었다.

상대가 그 가문의 후계자라면 에드워드 공작이나 리처드 후작 누구라도 장담할 수는 없었다.

더군다나 함께 온 자는 아직 나서지도 않고 있지 않은가?

신분이 공작이라는 것 외에는 아무것도 알려진 게 없었다.

잘 발달한 신체와 허리에 차고 있는 검을 보면 검사인 것도 같고, 그의 손가락에서 순간순간 번쩍이는 반지를 보면 마법도구를 사용하는 마법사인 것도 같았다.

상대의 정체를 모르는데 어찌 공략법이 있겠는가!

이럴 때에는 한 걸음 물러서는 것이 최선이라 판단한 비잔틴 제국의 황제가 다급히 사건을 수습하고 나선 것이었다.

한편, 에드워드 공작은 속이 답답해 차니를 죽이기

전까지는 멈추고 싶지 않았다.

그러나 불행히도 귀족 가문에서 나고 자란 그의 머릿속에는 주군의 명령을 거부하는 프로세스 따위가 존재하지 않았다.

분노에 아직도 떨리는 손을 억지로 내리며 검을 검집에 넣은 에드워드 공작은 리처드 후작의 등을 떠밀며 자리로 가 앉았다.

파운드 제국의 황태자도 손짓으로 차니에게 자리에 앉기를 말했고 모든 인원이 착석하자 비잔틴 제국의 황제가 입을 열었다.

"부탁이 아니라 협박을 하기 위한 자리였군?"

파운드 제국의 황태자는 싱긋 웃으며 답했다.

"실력 행사는 귀국에서 먼저 시도하신 것으로 압니다만?"

그런 황태자의 태도에 사르다비 공작이 결론 내듯 말했다.

"본국은 아스카 제국을 돕지 않을 것입니다."

파운드 제국의 세 명이 고개를 끄덕이며 사르다비 공작의 다음 말을 기다렸다.

"단, 어떻게든 황제 폐하를 설득하여 파운드 제국

의 본토를 공격하도록 할 것이오!"

사르다비 공작의 발언에 에드워드 공작과 리처드 후작은 고개를 끄덕이며 흔쾌히 동의를 표했으나, 파운드 제국의 세 명의 표정은 급속도로 차가워졌다.

머뭇거리지 않고 파운드 제국의 황태자가 비잔틴 제국의 황제에게 물었다.

"사르다비 공작의 설득에 응해 주실 예정이십니까?"

비잔틴 제국의 황제는 주도권이 다시 자신에게 넘어왔음을 즐기는 듯 뜸을 들이며 말을 아꼈다.

"글쎄……."

그때껏 침묵하고 있던 제이가 자리에서 일어나며 파운드 제국의 황태자에게 말했다.

"황태자 저하, 더 이상의 협상은 무의미해 보입니다."

할 수 없다는 듯 파운드 제국의 황태자가 고개를 끄덕여 보이자 제이와 차니는 자리에서 일어나 만일의 사태에 대비했다.

"이렇게 되어 유감입니다."

그 말을 끝으로 파운드 제국의 황태자가 자리에서

일어났다.

에드워드 공작이 그들을 비웃듯 말했다.

"돌아갈 수 있을 거라 생각하나?"

피식 웃으며 차니가 나섰다.

"막아 보겠는가?"

차니의 말에 에드워드 공작이 리처드 후작에게 눈짓을 보냈고 리처드 후작은 큰 소리로 외쳤다.

"모두 나와서 파운드 제국 황태자와 귀족의 신병을 확보하라!"

리처드 후작의 외침에 차니와 제이가 참지 못하고 큰 웃음을 터트렸다.

"으하하하, 믿고 있었던 것이 고작 이건가?"

제이와 차니의 비웃음을 똑같은 비웃음으로 화답하며 리처드 후작은 재차 소리쳤다.

"뭣들 하고 있느냐? 어서 나와 저들의 신병을 구속하라지 않느냐?"

제이가 웃음기를 거두며 말했다.

"우리가 이곳에 들어왔다면 그들의 존재는 지워졌다고 생각하는 게 맞을 것 같은데?"

제이의 말에 리처드 후작은 물론이고, 에드워드 공

작과 사르다비 공작까지 설마 하는 표정을 감추지 못했다.

제이와 차니가 회담장 안으로 들어오기까지 아무런 소음을 듣지 못했고, 실제로 사르다비 공작은 그때 당시 매우 조용한 목소리로 황태자를 협박(?)하고 있던 중이었다.

그들의 당황이 심드렁해진 제이가 리처드 후작에게 말했다.

"아무리 기다려도 그들은 나타나지 않을 거야. 비록 시도는 실패했지만 대가는 치러야겠지?"

제이의 말에 리처드 후작이 다급히 검을 뽑아 들었지만 이미 제이의 입은 주문을 외고 있었다.

"오브젝트 아이스 블레스트!"

순간 리처드 후작의 머릿속에는 '8서클의 궁극기인 아이스 블레스트를 저렇게 쉽게?', '오브젝트? 그건 뭐지?' 하는 의문들이 스쳐 갔지만 다음 순간 검을 쥐지 않은 왼쪽 팔이 통째로 얼어붙은 것을 보자 경악을 금치 못했다.

당사자인 리처드 후작은 물론이고 그곳에 있던 비잔틴 제국 인원 모두에게 8서클의 마법을, 그것도 세

밀한 목표를 설정해서 시전한다는 것은 상식 밖의 일이었다.

그들의 상식으로는 8서클의 마법은 고위 엘프나 드래곤의 것이었고 아무리 그런 존재라 하더라도 매우 오랜 시간 주문을 외워야 겨우 시전할 수 있는 것이었다.

이윽고 그들의 사고를 정지시켰던 제이의 목소리가 다시 들려왔다.

"황태자 저하, 어차피 적이 된다면 적장은 하나라도 없는 것이 나을 듯합니다."

하지만 파운드 제국의 황태자는 고개를 가로저었다.

"비록 비겁한 술수를 쓴 적장이라고는 하나 전장에서 죽을 권리는 줘야겠지. 팔 하나쯤이라면 괜찮을지도……."

리처드 후작의 운명이 결정된 순간이었다.

비잔틴 제국의 황제와 신하들이 무슨 말을 하는 것이냐며 말릴 사이도 없이 제이의 입에서는 무심한 주문이 외워졌다.

"브레이크(Break)!"

다음 순간 리처드 후작의 얼어붙었던 왼팔은 '펑'
하는 소리와 함께 산산조각이 나 버렸다.

"으악~~!"

순간적인 고통에 리처드 후작이 비명을 내질렀지만
제이는 미련 없이 몸을 돌렸다.

만약 황태자가 동의했다면 제이의 입에서 나온 주문은
'브레이크(Break)'가 아닌, '익스팬드(Expand)'였
을 것이다. 물론, 그다음 순간 다시 '브레이크'를 외쳤
을 테지만.

눈앞에서 자신의 충실한 신하가 고통 받자 평정심
을 상실한 비잔틴 제국의 황제가 다급한 목소리로 뭐
라 외쳤지만, 그런 그를 비웃듯 제이의 목소리와 파
운드 제국 황태자의 목소리가 연이어 들려왔다.

"순간이동!"

"그럼 전장에서……."

마침내 분노를 참지 못한 비잔틴 제국의 황제가 내
지른 고함소리만 오래도록 그곳에 남겨졌다.

Chapter 44

전선은 비잔틴 제국으로

이른 아침부터 파운드 제국의 황실은 분주하게 움직이고 있었다.

제국의 모든 고위 귀족들이 황궁에 모여 비잔틴 제국으로 떠난 황태자 일행을 기다리고 있기 때문이었다.

얼마 지나지 않아 황태자와 두 명의 공작이 파운드 제국의 황궁으로 돌아왔고 황태자를 통해 회담의 결과를 들을 수 있었다.

다행인 것은 황태자 일행의 협상 결과를 비난하는 귀족이 없어 국론이 갈라지지 않았다는 것이었다.

오히려, 다수의 인원을 매복시키고 마지막까지 황태자의 신병을 구속하려 했다는 말에 비잔틴 제국의 처사를 비난하는 여론이 거세게 일어났다.

자리에 있던 젊은 귀족 하나가 벌떡 일어서 당장이라도 비잔틴 제국으로 출병하자고 불을 지펴 댔지만 곁에 있던 늙은 귀족에게 제지당하고 말았다.

분위기가 진정되는 듯하자 몬테규 공국에서 오랜 시간 외무대신을 지낸 피에르가 입을 열었다.

"혹시 탈출하시는 과정에서 물리적인 충돌이 있었습니까?"

좌중은 일순 쥐죽은 듯 조용해졌고, 혹시 모를 황태자의 부상 여부에 모두의 관심이 집중되었다.

그런 분위기가 의외라는 듯 황태자의 대답이 이어졌다.

"물론 물리적인 충돌은 없었소. 다만 제이 공작의 마법만이 있었을 뿐."

그리고 다음 순간 황태자는 제이가 비잔틴 제국의 리처드 후작의 팔을 폭발시켜 버린 것을 말해 주었다.

그 말에 깜짝 놀란 몬테규 대공이 급히 제이를 향해 물었다.

"리처드 후작이라면 소드 마스터가 아니더냐?"

제이가 황급히 대답했다.

"그런 줄로 압니다."

"어찌 마법이 소드 마스터의 움직임보다 빠를 수 있단 말이냐?"

제이가 머뭇거리며 당황하자 재빨리 차니가 답했다.

"저도 제가 직접 보지 않았다면 믿지 못했을 장면이었습니다. 하지만 제이 공작이 '아이스 블레스트'를 시전하는 데 걸린 시간은 고작 찰나였을 뿐입니다."

그 순간 자리에 있던 인원들은 모두 자신들의 귀를 의심했다.

8써클의 마법을 찰나에 시전하다니!

고요해지던 분위기를 파운드 제국의 황제가 호탕한 웃음으로 바꿔 버렸다.

"으하하하, 이거 정말 통쾌한 일이군. 제이 공작이 있어 얼마나 다행인지."

황제의 말에 제이가 황급히 답했다.

"차니 공작이 에드워드 공작의 목에 소드 스피릿을

겨누고 있지 않았다면 불가능했을 것입니다."

그 말에 황제는 다시 한 번 통쾌하게 웃으며 곁에 있던 황태자의 어깨를 어루만졌다.

"황태자의 복이 크도다. 내 평생 몬테규 대공의 존재만으로도 업신여김을 모르고 살았거늘. 황태자에게는 그런 존재가 둘이나 되니 누가 감히 황태자의 뜻을 거스르겠는가!"

황제의 말에 좌중이 동의하며 황태자를 축복했다.

타국과의 전쟁이라는 주제로 열린 회의가 이렇게까지 훈훈한 분위기로 흘러갈 수 있다는 것이 아이러니한 일이었다.

하지만 전쟁에서 사기란 절대적인 것. 사기를 높일 수 있는 사건을 그대로 덮어 둘 수는 없는 일이었다.

그리고 그것은 비잔틴 제국과의 전쟁이 피할 수 없는 일이란 것을 의미했다.

전쟁이라면 전생에서부터 혹독하게 겪어 본 차니였기에 전장이 늘어난다는 것이 얼마나 복잡한 사고를 필요로 하는 것인지 잘 알고 있었다.

비록 전생의 일이기는 하지만 한왕의 돌격대를 방치했다가 사면초가를 당한 그였으니 지금의 상황이

편할 리 없었다.

그래서일까?

지금 차니의 머릿속에 떠오른 단어는 오직 '속전속결' 뿐이었다.

전후의 민심을 고려하자면 손속에 사정을 두어야 한다.

두려움은 통제의 수단일 뿐 통치의 수단으로는 맞지 않기 때문이다.

하지만 덕을 바탕으로 적을 감화시켜 스스로 항복하게 만드는 것은 너무 오랜 시간이 걸린다는 치명적인 약점을 갖고 있다.

그리고 지금 파운드 제국의 상황은 장기전을 허락지 않고 있다.

갈수록 복잡해지는 생각을 가까스로 이어 가고 있는 차니에게 몬테규 대공의 눈길이 머물렀다.

그는 하나뿐인 아들이 겪고 있을 고도의 정신노동을 모두 이해한다는 듯 고개를 끄덕이고 있었다.

그 역시 평생을 파운드 제국의 안녕과 평화를 위해 헌신했기 때문에 모를 리 없었다.

지금은 비록 오랜 친구이자 주군인 황제의 호위만

을 전담하고 있지만 차니와 제이가 없었더라면 여전히 가장 앞선 전장에서 군을 이끌고 있을 터였다.

황궁 통신실에 차니와 제이가 방문한 것은 불과 5분도 되지 않았지만 어느새 그들이 앉아 있는 테이블 위에는 수정구가 놓여 있었고, 얼마 지나지 않아 그 안에서 익숙한 목소리가 들려왔다.

"신 몬테규 기사 단장 듀발, 두 분 공작님을 뵙습니다."

여전히 듬직한 목소리가 들리자 차니의 표정이 눈에 띄게 안정을 찾는 것처럼 보였다.

그래서일까? 듀발을 향한 그의 목소리는 어느 때보다 부드러웠다.

"고생이 많겠군."

"아닙니다, 공작 저하."

"아니긴. 급히 찾은 건 현재 상황에 대해 알고 싶어서라네. 베르노 공작 쪽 말일세."

"그렇지 않아도 베르노 공작 성을 중심으로 막대한 인력이 유입되고 있다는 정보가 있어 사실 확인 중에 있습니다."

듀발의 대답에 차니와 제이의 입에서는 뜻 모를 한숨이 새어 나왔다.

무거운 목소리로 차니가 말했다.

"안전에 위협이 있을지 모르니 사실 여부 확인은 그만해도 좋네. 아마도 사실일 걸세."

"공작 저하, 그 말씀은 비잔틴 제국의 개입이 이미 시작됐다는 말씀이십니까?"

"그렇다네."

백전의 노장인 듀발에게도 다소 충격적인 사건이었는지 짧은 침묵이 이어졌고, 차니는 차분히 그런 그를 기다려 주었다.

"공작 저하께서는 언제쯤 복귀하실 예정이십니까?"

"황제 폐하를 설득한 다음 늦어도 내일 낮까지는 돌아갈 예정이라네."

차니의 복귀 소식에 듀발의 목소리가 눈에 띄게 밝아졌다.

"네, 그러면 그때까지 전선을 책임지고 있겠습니다."

"아, 그리고 지미와 앤드, 케이지 모두에게 즉시

입궁하라고 알려 주시게."

"네, 알겠습니다."

"그럼 수고하시게."

짧은 수정구 회의가 끝나고 제이와 차니는 단둘이 마주 앉은 김에 서로의 의견을 교환하기로 했다.

먼저 차니가 입을 열었다.

"베르노 공작가에 더 이상 시간을 주는 것은 너무 위험해. 우리 제국 이미지에 악영향을 주더라도, 또 그래서 추후에 아스카 제국을 통치하는 데 다소 힘이 들더라도 지금은 압도적인 힘으로 빨리 끝내 버리는 것이 낫겠어."

차니의 말에 동의한다는 듯 고개를 끄덕이며 제이가 답했다.

"어떤 압도적인 힘이 좋을까?"

"물론 제이 공작님의 압도적인 힘이지."

"차니 너 이러니저러니 말만 많았지 결국 나보고 해결하라는 거잖아?"

"그러면 이번에도 잘 부탁드립니다, 제이 공작님. 크흐흐."

차니의 웃음을 뒤로한 채 여전히 진지한 표정으로

제이가 말을 이었다.

"차니 너 혹시 바로 비잔틴 제국으로 갈 작정이
야?"

"그게 좋을 것 같아. 우선 내가 선발대로 나서서
그놈의 사막에 대해 조사 좀 해 둬야 하지 않겠어?"

"하지만 우리 제국의 병력은 모두 아스카 제국에
있잖아. 아무리 너라도 뼈와 살로 만들어진 인간인
이상 혼자서 그 많은 비잔틴 제국의 병사를 상대할
수는 없어!"

"그래서 우리의 삼총사를 불렀잖아. 걱정 마."

"됐고! 내가 베르노 공작가를 마무리 짓고 바로 아
브라함으로 갈 테니 그전까지 움직이지 마!"

"하하하, 걱정은. 설마 내가 겨우 네 명이서 황궁
이라도 깨러 갈까 봐 그러냐?"

"하긴. 그 정도로 미친놈은 아니지."

말하고 있는 차니나 대답하고 있는 제이나 둘 다
알고 있다.

차니는 비잔틴 제국의 준비가 끝나기 전에 그들을
들이칠 것이다.

그리고 그것은 필요에 의한 최소한의 살생이 아닌

불특정 다수를 향한 살육을 의미했다.

아니나 다를까, 차니의 입에서 제이에게 다짐을 받기 위한 말이 나왔다.

"제이야, 압도적이어야 해. 파괴적이고 너무도 잔인해서 적어도 당분간은 반기를 들 엄두가 안 날 정도로 압도적이어야 해."

"압도적이라…… 그러면 결국 우리는 시한폭탄을 안고 살아가야 한단 말이군."

"꼭 그렇지는 않아. 대중 심리라는 게 지극히 단순해서 사소한 사건 하나가 분노의 용광로를 만들기도 하지만, 또 역시 사소한 기쁨 하나가 모두를 보수 세력으로 만들어 버리기도 하거든. 다시 말하자면 지역의 영주만 잘 뽑아 두면 그 시한폭탄의 뇌관을 제거할 수도 있다는 거지."

"그래야 할 텐데……."

"야, 제이 너 교만이 아주 하늘을 찌른다? 아직 전쟁이 끝나지도 않았는데 무슨 전후 사회 분위기 걱정부터 하냐? 니가 가는 순간 아스카 제국은 점령된다는 거야, 뭐야?"

차니의 우스갯소리에 제이의 입꼬리가 올라갔다.

'알면서~'라는 말과 함께.

마치 돋보기로 마른 잎사귀를 내리쬐는 듯한 강렬한 햇볕이 사방을 불 지피고 있었다.

하지만 더위 따위는 모른다는 듯 사막 한가운데서도 두터운 로브를 뒤집어쓴 네 명이 여유롭게 발걸음을 옮기고 있었다.

"이거 참. 가도 가도 모래밖에 없구나. 이걸 사막이라고 부른다고?"

앤드의 물음에 지미가 고개를 끄덕이며 답했다.

"그렇지, 가도 가도 물 밖에 없는 곳을 바다라 부르고, 여기는 사막이라고 하지."

곧장 앤드의 말이 이어졌다.

"난 바다가 좋아!"

뜬금없는 그들의 대화 따위는 안중에 없다는 듯 차니의 눈은 쉴 새 없이 그곳의 모든 지형과 지물을 비추고 읽어 들여 머리로 보내고 있었다.

그런 차니가 신기하다는 듯 앤드가 말했다.

"차니 넌 아까부터 뭘 그렇게 두리번거려?"

앤드의 말이 끝나기 무섭게 케이지의 팔꿈치가 앤드의 옆구리를 찔렀다.

"쉿! 조용히 해."

"윽, 아프잖아."

"쉿!"

"그럼 니가 좀 알려 줘 봐. 차니가 지금 하고 있는
게 대체 뭐야?"

"야, 그걸 내가 어떻게 알아. 아무튼 지금 저 표정
봐라. 저 정도로 심각한 표정일 때는 건들면 안 되는
거야."

"참나, 그럼 그렇지."

얼마나 시간이 흘렀을까?

마침내 차니의 눈이 사방을 스캔하는 것을 멈추었
다.

그것을 눈치챈 앤드가 그때껏 용케 참아 왔던 궁금
증을 물어 왔다.

"차니야, 끝났어?"

"어, 대강은."

"대체 모래밖에 없는 여기를 이렇게까지 뛰어다니
면 둘러봐야 되는 이유가 뭐야? 어제부터 이틀이나
뛰어다녔지만 결국 모래뿐이었잖아?"

"하하하, 그래서 다행이지."

"응? 다행은 또 그게 무슨 다행이야?"

앤드의 물음에 '에휴' 하는 짧은 한숨을 내쉰 차니가 지미와 케이지를 손짓으로 불러 모았다.

"자, 충실한 나의 가신들아. 내가 너희에게 가르침을 주마."

"됐고! 거들먹거릴 거라면 난 안 들을래."

다짜고짜 차니의 말을 끊어 버린 케이지가 다시 한 번 앤드의 옆구리를 찌르며 핀잔을 줬다.

"넌 왜 쓸데없는 걸 물어서 차니한테 멍석을 깔아 주냐?"

그들의 스스럼없는 행동에 차니가 크게 웃으며 말을 이었다.

"알았어, 알았어. 겸손하게 알려 줄게. 케이지 너!"

지목을 받은 케이지가 어리둥절해하며 대답했다.

"응? 나 뭐?"

"장군의 역할이 뭐라고 생각하냐?"

"그야 당연히 병사들을 잘 통솔해 전쟁에 승리하게 만드는 거지."

"옳지. 장군의 역할은 무조건 전쟁에서 승리하는

거야. 그런데."

"응? 그런데 뭐?"

"과연 병사들만 잘 통솔하면 전쟁에서 이길 수 있을까?"

차니의 물음에 삼인방은 어울리지 않는 표정으로 잠시 생각에 잠겼다.

그런 그들의 짧은 상념을 깨며 차니가 계속 말을 이어 갔다.

"전쟁은 결국 사람이 하는 게 맞아. 그런데 전쟁터까지 사람이 만들어서 싸우지는 않는다는 게 함정이지. 다시 말하자면, 지형이라는 변수가 전쟁의 승패를 가늠할 수도 있다는 뜻이야."

차니의 말에 삼인방의 표정이 더욱 진지해졌다.

그런 그들을 향해 가벼운 미소를 보내며 차니가 말을 이었다.

"사람은 통제가 가능해. 그런데 지형은 통제가 불가능하지. 결국 그 지형을 잘 알고 활용하는 쪽이 유리할 수밖에 없어. 비슷한 게 또 있는데 그건 바로 그 지역의 기후와 날씨야. 그런 변경 불가능한 외부 요인들을 고려하지 않고 전쟁을 시작했다가는 목숨을 보존하기 어려워."

어찌 될지 모를 자신과 달리 계속 이 세계에 살아가야 할 삼인방에게 차니는 이후에도 한동안 자신이 알고 있는 전쟁에 관한 여러 깨달음을 자세히 알려주었다.

차니의 일방적인 교육과 함께 이동하던 일행의 발길이 머문 곳은 비잔틴 제국의 수도인 아브라함으로 들어가는 서쪽 출입구였다.

적국인 비잔틴 제국과 전쟁을 하러 온 주제(?)에 간 크게도 수도 한복판에 있는 여관에 머무르고 있는 일행이었던 것이다.

그리고 이것은 곧 전쟁터로 변하게 될 지역 분위기 파악을 물론이고, 적군의 동태를 파악하기 위한 최선의 선택이었다.

그리고 이들의 일정은 다음 날 비잔틴 제국의 황실을 방문하여 파운드 제국 황제의 선전포고를 전달하는 것으로 끝날 예정이었다.

원래가 사신이라는 직책이란 게 외교적인 사안을 전달하고 처리하는 역할 외에 최대한 많은 정보를 수집하고 동향을 파악하는 일종의 스파이 역할도 겸하는 것이라 할 수 있다.

그래서 대부분 사신은 방문할 나라의 사정에 밝은 사람을 보내는 것이다.

아는 만큼 파악할 수 있으니까.

하지만 불행히도 비잔틴 제국에 대한 해박한 식견을 가진 사람은 이들 중에 없었다.

오랜 용병 생활 동안 건너건너 들은 것은 많았지만 활용할 만한 지식이 되지는 못했다.

처음에는 공국의 외무대신 역할을 수행하고 있는 마크나 니켈 상단의 부단장인 로스를 떠올렸지만 마크 또한 아스카 제국에 대한 식견이 높을 뿐, 비잔틴 제국에 대한 지식은 어차피 책으로 습득했을 게 빤했고, 로스는 이미 너무 늙어 혹시 모를 위기 상황에 대한 대처 능력이 떨어졌다.

결국 차니의 선택은 카스티유 용병단 출신의 삼인방이었는데 재미는 있을지언정 썩 도움은 되지 않는 그들이었다.

해가 뜨기 무섭게 미리 준비해 둔 의장복을 잘 차려입은 차니와 지미, 케이지, 앤드가 황궁을 향했다.

보고를 받은 비잔틴 제국의 황제와 여러 대신들은

어이없어 하며 그들을 맞았다.

그중에서도 비잔틴 제국의 황제가 가진 의문이 제일 컸는데 비록 외교 사절에 대한 안전 보장이 명문화 되어 있는 아틀란티스 대륙이라고 하더라도, 아직 국가 간의 전쟁 상황은 겪은 적이 없었기에 무슨 배짱으로 호랑이 입속으로 굴러 들어온 것인지 궁금했기 때문이었다.

그리고 실제로 차니 공작은 비잔틴 제국의 외교관이 동석한 회담 자리에서 아스카 제국의 외교관을 핍박한 전례도 있는 자가 아닌가?

그런 그들의 심중을 아는지 모르는지 파운드 제국의 외교 사절단은 느긋한 발걸음으로 그들을 안내하는 자를 따라 걷고 있었다.

얼마나 걸었을까? 마침내 도착했는지 그들을 안내한 자가 입을 열었다.

"이곳으로 모시라 하셨습니다."

차니가 고개를 끄덕이며 물었다.

"여기가 평상시 귀국의 황제께서 집무를 관장하는 곳입니까?"

그렇다는 대답이 돌아오자 더 들을 거 없다는 듯

고개를 일행들 쪽으로 돌린 차니가 말했다.

"주머니 속에 잘 있는지 다시 한 번 확인들 해
봐."

친구들의 고개가 끄덕여지자 다시 여유로운 표정을
찾은 차니가 발걸음을 옮기며 안내인을 향해 고개를
끄덕였다.

차니의 허락을 받은 안내인이 안을 향해 외쳤다.

"폐하, 파운드 제국 사절단이 도착하여 뵙기를 청
하고 있습니다."

내부로부터 아무런 대답은 들리지 않았지만 문은
안에서부터 조용히 열렸다.

이른바 환영하지는 않지만 들어는 오라는 의미인
듯했다.

피식 웃으며 성큼성큼 걸음을 안으로 옮기는 차니
를 따라 그의 가신 세 명도 내부로 들어갔다.

내부는 화려하기 그지없는 직사각형의 넓은 실내였
고 출입구의 정면 저편으로 근엄한 표정의 비잔틴 제
국 황제가 앉아 있었다.

좌우로 나누어진 의자들 사이에 난 길로 차분히 발
걸음을 옮겨 황제에게로 향하던 일행들이 비잔틴 제

국 황실 근위대의 제지를 받은 것은 불과 5미터 전방이었다.

계단 위의 높은 곳에 의자가 위치한 탓에 비잔틴 제국의 황제는 차니와 일행들을 내려다보며 천천히 입을 열었다.

"차니 공작이라 했던가?"

"그렇습니다. 영민하신 우리 파운드 제국 황제 폐하의 명을 받아 방문하게 되었습니다."

"그러신가? 전하라는 말씀이 무엇인가?"

안 봐도 빤하고 궁금하지도 않다는 말투였지만 차니는 아랑곳하지 않고 천천히 손을 가슴속으로 집어넣어 품고 있던 봉인된 서찰을 꺼내 조금 전 자신의 전진을 저지한 자에게 건넸다.

근위 기사는 코 가까이 서찰을 스윽 가져다 대며 혹시 모를 독에 대한 검증을 했고 다시 사르다비 공작을 향해 눈으로 물었다.

사르다비 공작의 고개가 끄덕여지자 직접 계단을 올라가 황제에게 서찰을 전하고 원래의 위치로 돌아왔다.

거리낌 없이 서찰의 봉투를 뜯어 내용을 읽던 비잔

틴 제국의 황제가 곁에서 그를 지키는 기사에게 문서를 건네며 짧게 말했다.

"사르다비 공작에게."

문서를 건네받은 사르다비 공작은 채 10초도 되지 않아 차니를 향해 쏘아 댔다.

"차니 공작, 이것이 무엇이오?"

노인네의 앙칼진 목소리 따위에 주눅들 이유는 없다는 듯 차니는 여유로운 목소리로 답했다.

"보신 대로입니다."

"그 말은 내용을 모른다는 뜻이오?"

"선전포고서라 알고 있습니다."

차니의 말이 떨어지자 자리에 있던 모든 이의 입에서 귀족의 체면상 할 수 있는 가장 험한 말들이 쏟아졌다.

분위기가 진정될 기미를 보이지 않자 비잔틴 제국의 황제가 직접 오른손을 들어 그들의 입을 막았다.

잠시 뜸을 들인 황제가 입을 열었다.

"우리 외무대신에게 들으니 일전에 차니 공작은 기분 나쁜 문서를 가지고 온 아스카 제국의 관리를 베었다던데, 사실인가?"

"그랬었지요."

"나도 지금 기분이 매우 나쁘다네."

황제가 직접 나서 공포 분위기를 조성하자 곁에 있던 지미가 참지 못하고 나섰다.

"이분은 우리 파운드 제국 황제 폐하의 명을 받들고 온 몬테규 대공가의 공작님이십니다. 비록 타국의 귀족이라고는 하나 최소한의 예의는 갖춰 주셔야 하지 않겠습니까?"

지미의 말이 끝나기도 전에 에드워드 공작의 일성이 터져 나왔다.

"닥쳐라! 어느 안전이라고 감히 주제 모르고 나서는 것이냐?"

곧장 반박하려는 지미의 어깨를 두드리며 제지한 차니가 싱긋 웃으며 에드워드 공작에게 말을 건넸다.

"오랜만에 뵙습니다. 다른 한 분은 자리에 계시질 않군요. 혹시 몸이라도 불편하신 건 아닌지 걱정되는군요."

다른 사람이라 함은 리처드 후작이었고 제이에게 당한 한쪽 팔을 언급하며 비꼬는 것이었다.

"이놈이 감히!"

불같은 성격의 에드워드 공작이 자리를 박차고 일어나자 비잔틴 제국의 황제는 말리거나 핀잔을 주기는커녕 오히려 부추기는 듯한 말을 건넸다.

"에드워드 공작, 우리도 한쪽 팔이 좋겠군. 저 네 명의 한 팔씩을 끊어 돌려보내도록 하게."

에드워드 공작이 뭐라고 대답도 하기 전에 차니의 웃음소리가 온 실내에 진동했다.

그것은 내공을 가득 실은 사자후였기에 레이더스급의 기사나 4서클 이상의 마법사가 아닌 모든 이의 기혈을 뒤틀리게 했다.

"하하하하하!"

황제의 곁에 있던 기사 하나가 황급히 두 손 바닥에 마나를 모아 황제의 양쪽 귀에 밀착 시키며 차니의 사자후에 황제의 기혈이 뒤틀리지 않도록 방어했다.

하지만 정작 자신의 귀에서는 붉은 선혈이 흘러내리고 있었다.

잠깐의 시간이었지만 자리에 있던 모든 이의 머릿속에서는 차니의 가문이 떠올랐다.

아틀란티스 대륙 최강의 검술 가문인 몬테규 가의

후계자.

주도권이 순식간에 차니에게로 넘어가는 순간이었고 이를 놓이지 않고 차니는 또다시 파격적인 언사를 감행했다.

"에드워드 공작, 한 발자국이라도 움직인다면 이미 전쟁은 시작된 것으로 알겠소. 그 말은 이 자리에 앉은 누구의 신변도 보장받지 못한다는 뜻으로 이해해도 좋소."

차니의 말에 잠시 흠칫한 듯 에드워드 공작의 동작이 멈춰졌다.

그런 그를 보며 차니가 다시 느긋하게 말을 이었다.

"사실 본국으로 돌아갔다가 여기 있는 분들을 뵈러 다시 온다는 게 여간 번거로운 절차가 아니지 않소?"

비아냥 섞인 차니의 말에 비잔틴 제국의 황제는 인내심이 바닥나 버렸는지 큰소리로 에드워드 공작을 독촉했다.

"이런 건방진 놈. 에드워드 공작은 뭘 하고 있나? 어서 저놈의 목을 치게!"

그 순간 차니는 그 가신들을 돌아보며 '탈출해!' 라

고 외쳤고, 즉시 지미, 앤드, 케이지는 주머니 속에 있던 이동 마법 스크롤을 꺼내 찢었다.

홀로 남은 차니를 보며 에드워드 공작이 어이없다는 듯 물었다.

"자네 것은 없나?"

그런 그를 비웃는 듯한 차니의 대답이 이어졌다.

"아, 난 자네와 달리 마법도 수준급이라 저런 것 따위 필요 없지."

더 들을 필요도 없다는 듯 걸음을 차니 쪽으로 옮기며 에드워드 공작이 말했다.

"이거 어쩌나 잘나신 분께서 이동 마법 외칠 시간이 없어 죽게 생겼군."

그리고는 정말 순식간에 차고 있던 검을 뽑아 차니의 목을 찔러 왔다.

그곳에 있던 모두가 차니의 목이 뚫리는 장면을 예상할 수 있을 만큼 빠르고도 정확한 공격이었지만 어느새 차니의 몸은 비잔틴 제국의 황제 곁으로 이동해 있었다.

소드 마스터인 에드워드 공작이 느끼지도 못한 움직임이었으니 잠깐 동안 아무도 차니의 행방을 발견

하지 못했다.

그리고 바로 다음 순간 그들은 경악과 함께 최악의 긴장감을 맛보고 있었다.

황제의 좌우에 시립해 있던 근위 기사 두 명은 온데간데없었고 차니의 손에서 나온 시리도록 파란 마나의 검이 비잔틴 제국 황제의 목을 살며시 누르고 있었기 때문이었다.

짧은 침묵을 깬 것은 차니의 입에서 흘러나온 차가운 말이었다.

"경고했었지? 한 발자국이라도 움직인다면 이곳에 있는 누구의 안전도 보장하지 못한다고. 믿지 못했나 보군."

모두가 두려움으로 떨고 있는 상황이었지만 정작 당사자인 비잔틴 제국의 황제는 덤덤하기만 했다.

"내게 이러고도 무사히 빠져나갈 수 있다고 생각하나?"

"물론이지."

말을 끝내기 무섭게 차니는 미리 생각해 둔 좌표로 텔레포트를 감행했다.

어느새 차니와 비잔틴 제국의 황제의 모습이 희미

해지더니 곧이어 사라져 버렸다.

"와, 정말 모래 한 번 겁나게 많네."

앤드의 말에 지미가 사막에서 모래 많은 것 타령이
냐며 핀잔을 주고 있을 때 차니가 나타났다.

그를 보자마자 앤드의 입에서는 탄성이 터져 나왔
다.

"와~ 정말 성공했구나. 어떻게 저럴 수가 있지?"

지미와 케이지도 앤드를 거들었다.

"대단해!"

"역시 소드 몬테규!"

그들의 환송에 차니가 웃으며 말했다.

"소드 몬테규는 대체 어디서 나온 말이냐?"

"소드 마스터도 아니고 그랜드 마스터도 아니잖아.
그다음 경지는 세상 사람들이 아직 상상해 본 적이
없으니 만들어 놓은 말도 없고. 그래서 차니 너의 성
을 따서 소드 몬테규라고 사람들이 부르고 있어. 몰
랐어?"

케이지의 말에 차니가 고개를 갸웃거리며 답했다.

"전혀. 뭐 우리 가문이 유명해지는 거라면 상관없

겠지."

시크한 차니의 대답에 안심한 케이지가 얼른 말을
이었다.

"다음 장소로 이동부터 하자. 그리고 저 사람, 수
면 마법이라도 걸어 둬야 되는 거 아냐?"

한 나라의 황제에서 졸지에 저 사람이 되어 버린
비잔틴 제국의 황제는 별다른 표정 변화 없이 그들의
대화를 듣고 있었다.

그런 그를 차분하게 살피던 차니가 이내 고개를 저
었다.

"아니야, 이 사람은 여기에 두고 우리끼리만 이동
하면 돼. 어차피 선전포고는 한 거니까."

앤드가 펄쩍뛰며 차니를 제지했다.

"무슨 소리야, 어떻게 사로잡은 인질인데!"

차니가 피식 웃으며 그런 앤드를 말렸다.

"저 사람, 진짜 황제 아니야."

"뭐라고? 세상에 가짜 황제도 있어?"

놀란 친구들을 위한 차니의 설명이 이어졌다.

"아스카 제국 황제가 당한 걸 알고 있으니 대비를
한 거겠지. 마법으로 얼굴과 목소리를 바꾼 가짜야."

그때껏 미동도 않고 있던 당사자의 표정에서 변화가 일었다.

"언제부터 알고 있었던 건가?"

"당신의 목에 검을 갖다 댄 순간부터."

"오호, 그런데 왜 모른 척하고 있었던 거지?"

"그 자리에서 밝혔다가는 조용히 빠져나올 수가 없으니까."

"그 말은 시끄럽게 해서는 빠져나갈 수 있었다는 것처럼 들리는군."

"물론이지, 그 자리에 있는 모두를 죽이고 나가면 되는 거니까."

"그게 가능하다고 생각하나?"

"가능해."

"그런데 왜 그렇게 하지 않았나? 어차피 전쟁이 시작되면 적으로 마주할 자들인데."

"후후. 비록 국가는 다르지만 그들도 나름대로 노력한 자들인데 전장에서 죽을 권리 정도는 줘야 할 거 같아서."

"꽤나 여유롭군."

"그렇지 못할 이유가 없어. 궁금증은 풀렸나?"

"덕분에."

그들의 대화에 입을 다물지 못하고 있던 삼인방이 끼어들 틈도 없이 차니의 질문이 이어졌다.

"자네의 진짜 정체는?"

"맞춰 보게나. 어쩌면 이미 알고 있는 것도 같지만."

"아, 물론 대강은 짐작하고 있어. 다만 몇 번째 동생인지가 궁금한 거지."

차니의 질문을 받은 그는 장담하듯 말하는 차니가 재미있다는 듯 인질이라는 자신의 처지도 있은 채 크게 웃으며 답했다.

"하하하, 자네 정말 똑똑한 친구로구만. 맞아, 난 황제 폐하의 바로 아래 동생인 브리츠 드 비잔틴이네."

차니가 고개를 끄덕이며 더 볼 일 없다는 듯 말했다.

"어차피 어딘가에 마법 도구를 지니고 있을 테니 사막에서 굶어 죽는 일 따위는 없다고 생각하지."

그런 차니의 말에 고개를 끄덕이며 브리츠라 자신을 소개한 자가 손을 내저으며 말했다.

"그런 걱정할 필요 없으니 어서 가 보시게, 살려 준 건 감사하네."

인질에 미련을 못 버린 케이지가 차니를 말렸다.

"비록 황제는 아니지만 바로 아래 동생이라면 충분한 이용가치가 있는 인질인 거 아냐? 그래도 데려가는 게 나을 거 같은데?"

앤드와 지미 역시 케이지의 의견에 동의했지만 차니는 단호하게 고개를 저었다.

"의미 없어, 동생 따위. 오히려 번거롭기만 해."

전생의 일이지만 인질이라면 대단한 인질들을 끌고 다니던 시절도 있었다.

한왕의 부모와 정실부인까지 인질로 감금시켜 뒀지만 별다른 재미를 보지 못했던 그였다.

사실 경우에 따라 인질이란 존재는 계륵에 가까울 수도 있는 것이다.

그 가족을 인질로 삼아 본들 국가의 존망이 걸린 사태에서 국가 대신 인질을 택할 지도자는 없다고 보는 편이 옳았다.

전생이든 현생이든 국가란 존재가 있는 곳에서는 이른바 국가관이란 것이 존재하는데, 개인의 어떤 것보다 국가가 우선한다는 것이 골자였다.

아닌 게 아니라 나라가 있어야 가족도 있고 자신도
존재할 수 있는 것이니 그런 가치관이 틀렸다고 볼
수도 없는 노릇이었다.

어느새 파운드 제국의 수도로 한 번에 이동할 수
있는 마법진을 완성한 차니가 일행들을 불러 모았다.

"수도로 워프!"

차니의 입에서 시동어가 나오자 어느새 그들의 모
습이 희미해지더니 곧이어 사라져 버렸다.

Chapter 45
아스카 제국의 최후

한편 제이는 하루라도 빨리 아스카 제국 점령 전쟁을 끝내기 위해 서둘러 전쟁터로 향했다. 떠나기 전 제이는 치열한 막바지 전투 중일 것이라 예상했으나 막상 도착해 보니 지루한 대치 상태가 이어지고 있었다.

이미 알려진 대로 아스카 제국의 지방 영주들은 베르노 공작가에 집결하여 대대적인 저항을 하고 있기 때문이었다.

그 덕분에 파운드 제국의 점령군은 다른 여덟 개의 섹터를 크게 힘들이지 않고 점령할 수 있었다. 하지만 마지막 지역인 이곳에서 발이 묶여 버린 것이다.

지상군의 수준이 상대적으로 떨어진다고는 해도 아스카 제국의 귀족 대다수가 거느린 병력의 힘은 파운드 제국 점령군의 예상을 뛰어넘을 만큼 강했고 병력의 수도 무시할 수 없는 군세를 자랑했다.

이곳 전투에서의 승자가 결국 전쟁의 승자가 될 것이었다.

그래서일까?

파운드 제국 점령군도 아스카 제국 방어군도 대치 상황만 유지할 뿐 그들이 가진 모든 것을 잃을 수 있는 전투를 시작하려 하지 않고 있었다.

시간이 지나면 압도적인 무위를 지닌 차니가 다시 자신들을 이끌어 줄 것이라 믿고 있는 파운드 제국군의 입장에서도 급하게 무리할 필요가 없었고, 아스카 제국 입장에서도 시간이 가면 갈수록 자신들의 나라를 지키기 위해 집결하는 인원이 많아지는 상황이다 보니 서두를 이유가 없었다.

전장에 도착한 제이는 숨 돌릴 생각도 않고 몬테규 기사단과 페르마 마법사단의 단장들을 불러 간략한 브리핑을 요구했다.

작전이고 전투고 간에 상황파악이 똑바로 되어 있지 않으면 좋을 결과를 기대하기 힘든 것이고, 전장 한복판에 있는 지금 상황에 그것보다 급한 일은 없기 때문이었다.

두 단장의 보고는 한참 동안 이어졌고 그동안 제이는 묵묵히 듣고만 있을 뿐 아무 말이 없었다.

가타부타 토 달지 않고 한참을 가만히 듣기만 하던 제이가 드디어 입을 열었다.

"자, 지금 말씀하시는 것을 들어 보니 결론적으로 베르노 공작가에 모인 귀족 집단만 와해시켜 버리면 더 이상 조직적인 저항은 불가능하다는 거군요."

차니가 공석인 동안 점령군의 총책임을 맡았던 자는 듀발이었지만 페르마 마법사단의 레오가 급히 자신의 주인에게 답했다.

"아스카 제국의 저력을 얕봐서는 안 되겠지만 아마도 그럴 것이라 생각합니다."

고개를 끄덕이며 제이가 재차 물었다.

"적군의 수는 얼마나 늘었나요?"

제이의 물음에 두 단장 모두 꿀 먹은 벙어리 마냥 입을 다물고 있었다.

그도 그럴 것이 조국을 지키기 위해 모여든 인원들이 선택한 이동 방법은 마법진이었기에 성 밖에서 얼마나 많은 인원이 증원이 되었는지를 파악하기란 요원한 일이었다.

그저 어제보다 커진 함성 소리로 인원이 늘었다는 것만 짐작할 뿐 늘어난 인원이 무사인지 마법사인지 보병인지도 구별할 방법이 없는 실정이었다.

그런데 여기서 짚어 봐야 할 점이 이른바 구심점의 존재이다.

정복자의 입장에서 간헐적으로 일어나는 개별적인 테러나 난동은 해프닝일 뿐 큰 위협이 될 만한 것이 아니었다.

그러나 조직적인 저항은 정복 전쟁 자체를 무효화시킬 수도 있는 커다란 위협이었다.

그런데 이른바 그 조직이 구성되기 위해서는 반드시 필요한 것이 구심점의 존재였다.

그는 황제나 황태자 자신일 수도 있고 그의 측근 혹은 그의 사상을 물려받은 자일 수도 있다.

그런 존재가 대중을 선동하기 시작하고 대중이 그에게 호응하기라도 해 버리면 그 결과는 빤한 일이었다.

그래서 정복 전쟁에서 가장 중요한 것 중 하나가 바로 구심점을 없애는 것이다.

식민지 국민을 전부 죽여 버린다면 구심점이 있건 없건 그 구심점을 중심으로 한 조직적인 저항이 있든 없든 상관없는 일이지만, 그렇게 해서는 전쟁의 실익이 없다.

전쟁이라 함은 국가 총력전이고 온 국력을 쏟아부은 만큼 전후 복구가 시급한 사안인데 패자를 다 죽여 버리고 나면 승자 또한 건질 것이 없으니 이겨 본들 무슨 소용이 있겠는가.

그런 이유로 최고의 승리는 굳이 피 튀기는 난타전을 통해 강함을 입증하는 것이 아니라 싸우지 않고 적의 항복을 받아 내는 것이었다.

또한 어렵사리 승리했다고 하더라도 방심은 금물이었다.

적에게 아직 의지할 대상 또는 명분이 남아 있다면 언제든 다시 들고 일어날 수도 있는 일이었다.

그러니 집단행동의 동기부여가 될 수 있는 구심점을 찾아 없애는 것이 정복자들의 통치 첫걸음일 수밖에.

파운드 제국의 입장에서는 다행인지 불행인지 아스카 제국의 구심점들이 한곳에 모여 있으니 저들만 궤멸시켜 버린다면 사실상 아스카 제국을 점령한 것이나 다름없었다.

쉴 새 없이 늘어나는 적의 군세에 눌려 파운드 제국의 점령군은 사실 사기가 많이 떨어진 상태였다.

그런 병사들의 동요를 알아차린 듀발은 차니가 다시 돌아올 때를 노리고 기다릴 뿐 차일피일 마지막 일전을 미루고 있었다.

지금까지 파죽지세로 밀어붙인 탓에 병사들의 체력도 거의 남아 있지 않았으니 차라리 휴식을 취하며 체력을 회복해 놓는 것이 나중에 차니가 돌아와 일전을 벌일 때 유리할 것이라는 판단이었다.

그리고 마침내 파운드 제국에게도 강력한 구심점이 등장했으니, 바로 제이였다.

그들에게 제이는 차니의 강함과는 또 다른 강함을 가진 존재이긴 했지만 분명히 믿고 의지할 수 있는 또 한 명의 공작이었다.

그 강력했던 아스카 제국의 해군을 지워 버린 제이 공작이니 이번에도 아스카 제국을 패배시킬 무언가를 보여 줄 것이란 기대가 컸다.

그리고 제국의 공작이란 자리는 대중들이 거는 기대에 반드시 부응해야만 하는 위치였다.

"포위를 풀고 모든 병력을 한 곳에 모아 주게."

제이의 요구에 기다렸다는 듯 두 명의 단장이 입을 모아 답했다.

"명을 받듭니다."

잠시 후 제이가 앉아 있던 막사 밖으로 파운드 제국의 모든 병력이 모여들었다.

느긋한 마음으로 차를 마시고 있던 제이는 채 반도 마시기 전에 집합이 완료됐다는 소리를 듣고는 흡족한 표정을 지었다.

고르고 고른 정예 병사들답게 그들이 이동은 신속하였고 군기가 잡혀 있었던 것이다.

이런 분위기라면 한번 해볼 만하다 싶은 생각이 든 제이는 뜸 들이지 않고 막사 밖으로 나가 자신을 기다리고 있는 병사들 앞에 섰다.

"그동안 고생 많았다. 아픈 데는 없는가?"

느닷없는 제이의 걱정에 병사들이 우렁찬 대답이

이어졌다.

"없습니다!"

"좋다, 그러면 우리 파운드 제국의 운명이 걸려 있는 마지막 전투에서 제군들의 힘을 보여 주기 바란다. 그대들을 믿어도 되겠는가?!"

제이의 물음에 마치 고함지르듯 큰 소리로 병사들이 응답했다.

"예!"

"믿어 주십시오!"

그런 그들에게 한껏 격양된 목소리로 제이가 명했다.

"바로 앞에 보이는 성문부터 깨부순다. 전군 공격 개시!"

"공격 개시!"

"공격 개시!"

제이의 명령을 사방에서 복명복창하며 기세등등하게 파운드 제국의 점령군이 진격했다.

한편 베르노 공작을 중심으로 한 아스카 제국군 역시 파운드 제국이 포위를 풀고 한곳으로 병력을 집중시키자 막바지 전투가 코앞으로 왔음을 느끼고 있었다.

아스카 제국 최고의 명문가답게 엄청난 규모로 지어진 베르노 공작 가문의 성은 도무지 공략할 틈이 보이지 않을 정도로 완벽해 보였다.

일반적인 방식으로는 하늘 높은 줄 모르고 솟아올라 있는 성벽의 높이나 어지간한 호수는 저리 가라 할 정도의 해자 규모로 미뤄 볼 때 사실상 공략할 방법이 없어 보였다.

하지만 아틀란티스 대륙은 마법이라는 것이 존재하는 곳이었고 그 마법의 끝을 바라보고 있는 존재가 파운드 제국 안에 있었다.

파운드 제국군이 성벽으로 접근하자 성벽 위에서 대기 중인 아스카 제국의 마법사들은 오래 기다렸다는 듯 그들이 할 수 있는 최고의 공격 마법을 아래로 뿌려 대기 시작했다.

그러자 파운드 제국 최고의 마법사단인 페르마 마법사단 또한 기다렸다는 듯 아군의 머리 위에 쉴드를 펼쳐 대기 시작했는데, 비록 수는 적어도 월등한 실력을 가진 페르마 마법사단이었기에 아스카 제국 마법사들의 공격은 쉴드를 뚫고 파운드 제국 보병들에게 피해를 주지 못했다.

시나브로 커진 쉴드는 아예 공중에 하나의 막을 형성해 버렸고 그 아래로 안심하고 돌격하는 파운드 제국의 기사들은 얼마 안 가 성을 둘러싸고 있는 해자까지 이르렀다.

그때 제이의 입에서 주문을 외는 소리가 들렸다.

"메테오 스트라이크(Meteor Strikes)!"

제이의 근처에 있어 그 소리를 들은 페르마 마법사단은 경악을 금치 못했다.

대륙역사서에서조차 한 번도 등장하지 않았던 궁극의 10써클 마법이 시전된 것이었다.

주문을 다 외운 제이가 마나를 한껏 실어 파운드 제국 점령군에게 외쳤다.

"멈춰! 현 위치에서 잠시 대기한다! 공격은 성이 무너진 다음이다."

기세 좋고 달려가던 파운드 제국의 병사들은 어리둥절한 채로 제이의 명령에 따라 그 자리에 멈춰 섰다.

그 모습을 확인 제이의 입에서 다시 주문이 튀어나왔다.

"엘리멘탈 쉴드!"

곧이어 파운드 제국 군사들 주변에는 쉴드의 궁극기라 할 수 있는 5대 원소(물, 불, 바람, 뇌전, 땅) 모두를 이용한 방어막이 생겼다.

그리고 잠시 후 수많은 운석의 그림자에 하늘이 새까맣게 변했다.

파운드 제국의 병사들이나 아스카 제국의 병사들이나 영문을 몰라 계속 어리둥절해 있는 동안 하늘을 날아온 운석이 엄청난 굉음을 내며 베르노 성안 곳곳을 강타했다.

날아 들어온 운석은 지상의 구조물에 엄청난 속도로 충돌했고, 충돌시 발생한 열기는 그 일대를 그대로 불바다로 만들어 버렸다.

펑펑펑!

펑펑펑!

으아아아아!

살려 줘~!

베르노 성안은 생지옥이 연출되었고 그 안에 모여 있던 수많은 이들이 내지르는 비명과 신음소리가 세상을 뒤덮었다.

목표 지점으로 운석들을 날려 그 일대를 모조리 부

쉬 버리는 마법.

그것이 바로 메테오 스트라이크였다.

이 마법의 약점은 오직 하나.

바로, 시전자조차도 발동 시킨 마법을 취소할 수 없다는 것뿐이었다.

창조주가 드래곤을 시켜 자신의 다른 피조물을 없애 버릴 때 사용한다는 궁극의 10써클 마법.

그것으로 제이는 아스카 제국의 마지막 희망을 지워 버린 것이다.

얼마나 시간이 지났을까?

진작부터 운석은 떨어지지 않았고 어느새 비명소리도 잦아들었다.

파운드 제국의 병사들은 너무 엄청난 마법을 본 탓에 자신들의 상관인 제이가 되레 두렵게 느껴졌다.

그런 그들의 마음을 아는지 모르는지 제이의 입에서 잔인한 명령이 튀어나왔다.

"전군 진격하라. 제군들의 검과 마법에 인정을 베풀지 말라, 저곳에 모인 자들 중 누구라도 살아남는다면 우리의 아들, 딸은 지금의 저들과 같은 처지가 될지 모른다. 그러니 한 명도, 단 한 명도 살려 두지 말도록!"

"존명!"

"명을 받듭니다."

극단적인 비약이었고 너무 먼 미래를 예측한 것이었기에 그다지 현실감이 느껴지지 않는 논거였지만 전쟁에 임하는 부하들에게 논리 따윈 중요하지 않았다.

그저 그들은 상관의 명령에 따를 뿐이었다.

병력들의 전진과 동시에 제이는 그들을 위해 쳐 두었던 방어막을 거두어들였다.

페르마 마법사단의 단장인 레오가 제이의 곁에 바짝 붙으며 걱정스러운 눈빛으로 말했다.

"공작 각하, 마나 소모가 극심했습니다. 잠시라도 쉬셔야 합니다."

그런 그를 제이는 조용히 타일렀다.

"아직 승패가 결정된 게 아니네. 저들이 혼란을 틈타 도망이라도 친다면 두고두고 후회될 걸세."

"하지만 공작 각하. 그들 전부를 붙잡는 게 불가능하다는 걸 누구보다 잘 알고 계시지 않습니까?"

"후후, 그럴 테지. 그렇지만 말일세, 우리는 때때

로 안 되는 줄 알면서도 사력을 다해야 할 때가 있는 법이라네."

그런 제이의 말에 레오는 그저 가만히 고개를 숙일 뿐 더 이상 아무 말도 할 수 없었다.

얼마나 시간이 지났을까?

몬테규 기사단의 듀발이 제이에게 다가와 고개를 숙이며 군례를 올리며 작전이 종료되었음을 알렸다.

굳은 표정으로 고개를 끄덕인 제이가 낮은 저음으로 짧게 물었다.

"아군 피해는?"

"경미한 부상자 몇을 제외하고는 전무합니다."

"다행이군."

낮은 목소리로 혼잣말인지 아닌지 모를 '다행이다'는 말만 반복하는 제이였다.

잠시 후 비행마법을 통해 공중으로 떠오른 제이가 하늘 위에서 베르노 성을 바라보았다.

그야말로 폐허로 변해 버린 그곳이 아스카 제국 최후의 모습이었다.

아쉬운 점은 베르노 공작을 비롯한 여러 귀족의 생사 여부를 알 수 없다는 것이었다.

하지만 이 전투로 아틀란티스 대륙 전체에 제이 드 율리우스라는 이름이 전해졌다.

현존하는 유일한 10써클 대마법사인 그와 전장에 서 만나게 될 다음 상대는 이미 비잔틴 제국으로 정 해져 있었다.

Chapter 46
통일된 아틀란티스

아스카 제국과의 전쟁이 끝난 지 채 일주일이 지나지 않은 어느 아침.

차니는 몬테규 기사단을 이끌고 비잔틴 제국으로 향했다.

아스카 제국을 점령했다고는 하나 완전히 안정되기까지는 시간이 필요했고 그런 이유로 대부분의 병력은 그곳에 머무를 수밖에 없었다.

다행인 것은 차니의 바람대로 마크가 제 구실을 해주고 있다는 것이었다.

마크는 상황을 예상하기라도 한 듯 공국 내의 청년

충 1만여 명을 차출했고, 약 한 달여간 군사 훈련을
시켜 차니의 비잔틴 제국 원정을 준비했다.

생각지도 못했던 보병이 굴러 들어오자 차니는 한
편 기쁘고 다른 한편 씁쓸한 기분이 들었다.

저런 존재가 없었던 전생에서의 미련 때문일 것이
다.

어차피 중원과 아틀란티스는 전장의 규칙[Rule]이
다르다.

무슨 뜻이냐 하면 중원에서는 전쟁의 승패를 판가
름 짓는 존재가 보병인 반면 아틀란티스는 철저히 기
사와 마법사 중심이었다.

돌이켜 보면 중원의 전장은 일당백의 존재가 그리
많지 않았다.

그런 존재는 이미 장군이 되어 있었고 장군의 수는
한정적일 수밖에 없었다.

또 다른 원인은 무림과 관의 분리 때문일 것이다.

무림의 고수들이 전쟁에 참여한다면 밥이나 얻어먹
으러, 혹은 억지로 차출되어 끌려온 보병 수십 명도
상대할 수 있을 가능성이 크지만, 그들은 철저히 그
들만의 세계에 머물렀고 국가관 역시 희박했다.

그런데 아틀란티스는 그런 존재들이 적극적으로 전쟁에 참여했고 오히려 그들끼리만 전쟁을 했다.

보병은 철저히 치안, 경비를 담당하는 존재였지 전투 자체를 담당하는 존재는 아니었던 것이다.

그런 이유라면 마크가 준비한 만 명의 보병도 그리 큰 쓰임새가 없어 보이지만 결론부터 말하자면 결코 그렇지 않다.

차니와 몬테규 기사단이 비잔틴 제국의 영토 안에서 얼마간의 승리를 거둔다면 전장이었던 그곳이 주둔지 혹인 점령지라는 개념으로 바뀌는데, 바로 그곳을 관리할 수많은 인력이 필요하기 때문이었다.

제이가 아스카 제국에 머물러 있는 동안 차니는 비잔틴 제국으로 떠나는 것이 낫다고 판단했다.

아스카 제국에서 혹시 모를 위협이나 소란이 생기더라도 제이가 알아서 잘 해결할 테니 자기는 오로지 비잔틴 제국에만 신경 쓸 수 있다는 것이 이유였다.

다만, 파운드 제국의 황제와 몬테규 대공을 걱정스럽게 한 것은 가병인 몬테규 기사단만을 이끌고 비잔틴 제국을 침공한다는 것인데, 생각하기에 따라 너무 무모해 보였기 때문이었다.

비록 대륙 내 최강의 기사 집단으로 평가받고 있는 몬테규 기사단이라고는 해도 어차피 그 수가 천 명을 넘지 않았고, 대를 이어 수련 중인 자들을 제외한다면 전장에 참여할 수 있는 인원은 6백여 명이 고작이었다.

대륙의 동쪽 끝에서 5백여 년간 자신들의 나라를 지켜 온 비잔틴 제국을 그 정도의 소수 정예로 침공한다는 것은 위험하기 짝이 없는 일이라 여긴 것이다.

그러나 차니와 제이의 거듭된 설득 끝에 제이가 최대한 빨리 아스카 제국을 안정시키고 병력들을 빼내비잔틴 제국으로 향한다는 조건으로 황제의 윤허를 받을 수 있었다.

"며칠 사이라고는 하지만 정말 하나도 안 변했네."

툴툴거리는 앤드의 말이 들리자 케이지가 즉시 입을 열어 핀잔을 줬다.

"야, 사막이 바뀌긴 뭐가 바뀌겠냐. 오아시스로 변해 있기라도 할 줄 알았냐?"

그런 케이지의 말에 앤드가 지지 않고 뭐라 대꾸했지만 차니의 귀에는 이미 저들의 대화가 들리지 않았다.

그의 머릿속에는 오직 저 사막 한복판에 떡하니 버티고 있는 비잔틴 제국의 수도 알브라함으로 들어갈 방법을 찾는 것뿐이었다.

사막 한가운데 지어 놓은 인공 도시인 만큼 침투할 방법이 요원했다.

황량한 사막을 가로질러 나 여기 갑니다라고 시위하듯 진격하는 방법 외에는 다른 방법이 없는 것이다.

비잔틴 제국과의 전쟁을 준비할 때부터 계속 연구하고 있지만 도무지 해결책이 보이지 않았다.

그래서일까? 차니의 입에서는 허탈한 소리가 튀어나왔다.

"거 참, 도시 한번 잘도 지었네."

티격태격 거리며 차니의 지시를 기다리던 삼인방이 일제히 차니를 향해 고개를 돌렸다.

"작전이 섰어?"

일동을 대표해서인지 성질이 제일 급해서인지는 모르겠지만 앤드가 차니의 말을 받았다.

그런 앤드를 향해 피식 웃으며 차니가 대답했다.

"처음부터 작전은 하나밖에 없는 곳이야. 여긴."

"오! 그게 뭔데?"

"행군이지. 될수록 빠르게."

"하루 거리밖에 안 되기는 하지만 그건 너무 위험하지 않을까? 기사단만 있는 것도 아니잖아?"

"그래도 할 수 없어. 어설프게 마법진을 쓰기에는 위험 부담이 너무 커."

"비잔틴 제국에서 우리가 자기네 수도로 이동하는 걸 가만히 보고 있을까?"

"그 정도로 바보들은 아니지."

"그럼 사막 한복판에서 전투도 있겠네?"

"뭐 어차피 전쟁하러 왔는데 장소가 중요한 건 아니잖아? 가는 길에 심심찮고 좋지."

소풍 가는 길에 군것질 거리 사러 가는 것과 똑같은 뉘앙스로 말하는 차니를 보며 삼인방은 고개를 절레절레 흔들었다.

그래도 어쩌겠는가? 상관의 명령이 떨어졌으니 파운드 제국의 모든 인원은 사막을 따라 비잔틴 제국의 수도로 향할 수밖에.

차니는 고민 없이 행군의 진영을 만들었는데 바로 선두와 후미에 몬테규 기사단을 각각 절반씩 분배하여 위치시키고 가운데에 보병을 자리하게 한 것이었다.

철저히 보병의 안전을 보장하겠다는 의도인데 이런 식의 진영은 적이 옆구리를 찔러 올 때 취약하다는 단점이 있지만, 이동하는 입장에서도 휑하니 뚫린 사막을 이동하는 것이니 적의 복병을 아예 염두 해 두지 않고 있었다.

얼마나 지났을까?

'펑' 하는 소리와 함께 선두에 섰던 인원들이 멈춰 서자 그들 바로 뒤편에 자리 잡고 있던 차니가 걸음을 빨리하여 선두 쪽을 향했다.

"무슨 일인가?"

차니의 물음에 몬테규 기사단의 단장인 듀발이 즉시 대답했다.

"방금 화살이 하나 날아왔는데 아마도 더 이상 접근하지 말라는 경고인 듯합니다."

차니가 고개를 갸우뚱거리며 되물었다.

"어차피 그런 경고 따위를 존중할 필요가 없는 행군이지 않은가?"

"그런데 그게……."

듀발은 조금 전에 있었던 상황을 가감 없이 차니에게 자세히 설명했다.

선두로 서서 가고 있는데 갑자기 화살이 날아왔고, 가장 앞에 있던 기사단원이 그 화살을 피하려는 찰나 '펑' 하는 소리와 함께 폭발해 버렸다는 것이었다.

듣기만 해서는 화살촉에 폭발물을 메달아 둔 듯했다.

차니가 이해된다는 듯 고개를 끄덕이며 물었다.

"아군 피해는?"

"당황했을 뿐, 피해는 없습니다."

"좋군. 그럼 다시 가 보세나."

차니의 행군 재게 명령에 다시 발걸음을 옮기는 파운드 제국의 병사들이었다.

그리고 얼마 안 가 정체 모를 화살 수십 개가 날아왔다.

기세 좋게 날아오던 화살은 아군 지근거리에서 정말로 '펑' 하는 굉음을 내며 폭발해 버렸다.

처음의 화살 하나는 당황스러운 일이었지만 이번의 수십 대 화살은 피해를 감수해야만 하는 위력이었다.

아닌 게 아니라 몬테규 기사단원 둘이 생전 처음

겪어 보는 폭발에 휘말려 크게 다쳤다.

그 모습에 크게 화난 차니가 전방을 향해 빛처럼 돌진했다.

그런데 차니의 눈에 비친 적의 행동이 이상했다.

비잔틴 제국의 보우 유저들은 모래 언덕 뒤편에 숨어 있다 갑자기 솟구쳐 오르며 활을 쏘는 것이었다.

'가만히 서서 표적에 활을 쏘는 것도 십 년을 하루처럼 수행해야 하거늘 저들은 대체 어찌 된 자들인가!'

하지만 바로 잠시 후 차니의 생각은 바뀌었다.

알고 보니 그들의 신발에 비행마법이 걸려 있었던 것이다.

수백 명의 보우 유저들이 비행마법을 통해 하늘 높이 솟구친 다음 아무렇게나 쏴버린 것일 뿐, 표적을 노리고 쏜 화살은 없었던 것이다.

사실 저들처럼 특수한 화살촉을 가지고 있는 활이라면 충분히 활용할 가치가 있는 전투 방식이었다.

어느새 보우 유저들이 솟구치는 모래 언덕에 다다른 차니는 속도를 늦추지 않고 곧장 언덕 아래로 내질렀다.

화살통에 다시 화살을 채워 놓고 비행마법을 시전하려던 무리는 겁 없이 뛰어든 한 명에게 크게 신경쓰지 않고 재차 파운드 제국군의 이동 경로를 향해 화살을 쏘아 댔다.

짜증이 머리끝까지 오른 차니는 가타부타 말도 없이 가까이에 있는 자들부터 도륙하기 시작했다.

눈 깜짝할 사이에 십여 명 이상이 차니의 검에 목숨을 잃어버리자 남은 보우 유저들의 표적이 차니로 바뀌었다.

그 즉시 수많은 화살이 차니를 향해 날아왔다.

화살촉에 부여된 마법으로 폭발하는 것을 빤히 목격하고서도 차니는 화살이 날아오는 곳을 향했다.

차니는 높은 수준의 마법을 대량으로 화살촉에 새겼을 리 없다고 생각했다.

비용도 비용이지만 마법사의 질과 양이 적어 보우유저를 육성하고 있는 비잔틴 제국이 무슨 수로 그런화살을 만들었겠냐는 것이다.

그리고 3써클 이하의 마법은 자신의 쉴드를 뚫지못할 것이라는 자신도 있었다.

결론적으로 차니의 생각은 맞았다.

그들이 날린 활은 차니의 근처에서 성공적으로 폭발했지만 쉴드를 뚫지 못했다.

그만큼 줄어든 거리는 보우 유저의 목숨을 앗아 갈 뿐이었다.

그저 단순히 가로, 세로, 대각선으로 최대한 간결하게 상대의 몸을 분리시키며 날뛰는 지옥의 야차 같은 모습을 한 차니가 마침내 걸음을 멈췄다.

몬테규 기사단이 차니의 뒤를 받치기 위해 최대한 빨리 이동했지만, 너무나도 순식간에 끝난 전투였기에 그들조차도 차니의 전투 장면을 볼 수 없었다.

아무렇게나 널부러져 있는 시체만 무성할 뿐이었다.

자신이 한 작품을 감상이라도 하는 것인지 한참을 이리저리 서성거리던 차니가 드디어 걸음을 멈추어 손을 뻗었다.

소드 스피릿을 통해 상대의 몸을 분리시킨 탓에 멀쩡하게 남아 있는 활과 화살을 찾기가 어려웠는데 드디어 찾은 듯 보였다.

살펴보니 활에는 근력 강화 마법이 각인되어 있었고, 화살에는 폭발, 연기, 화염 등 다양한 2써클 마법이 새겨져 있었다.

어느새 자신의 곁으로 온 듀발에게 차니가 물었다.

"자네도 보우를 쓰나?"

"아니요, 저는……."

하고 그답지 않게 말을 흐리는 듀발에게 살짝 웃음을 보인 차니가 보우와 에로우를 챙겼다.

듀발이 의아한 듯 쳐다보자 차니가 어색하게 입을 열었다.

"기술이 엉망인데 보우와 에로우만 좋으면 뭐해? 내가 제대로 가르쳐 줘야겠어."

"하지만 공작각하. 아무리 그들의 것이지만 그들 역시 인간의 몸을 가졌으니 배우다 죽을 수도 있습니다."

"하하하, 그건 그들 사정인 거고."

역시나 개의치 않는 차니였다.

해가 지기 시작하자 차니는 행군 속도를 줄이는 대신 그곳에서 야영을 택했다.

이전 아스카 제국과의 전쟁을 시작하기 전에는 병력 전체가 쉴 만한 곳을 찾느라 선발대의 고생이 이

만저만이 아니었는데 이번에는 사막 한복판이다 보니 어차피 거기가 거기라 그 자리에 멈춰 서는 것으로 족했다.

다만 낮에는 한여름의 더위보다 센 햇빛이, 밤에는 한겨울의 바람보다 매서운 추위가 문제였다.

제이와 페르마 마법사단이 있다면 간단히 해결될지도 모를 일이었지만 이곳에 모인 자들만으로는 대자연의 위엄을 극복하기 어려웠다.

몬테규 기사단원들이야 워낙 수준 높은 무사들이기에 별 탈 없이 밤을 보냈지만 고작 한 달여간 군사 훈련을 받은 보병들에게는 악몽 같은 밤이었다.

그런 그들의 마음을 전혀 모르는 듯 차니는 해가 뜨자마자 밤새 추위에 벌벌 떤 보병들을 이끌고 행군을 시작했다.

어젯밤 추위가 거짓말인양 한낮의 찌는 듯한 더위가 온 군중을 덮을 때쯤 비잔틴 제국군과 파운드 제국군이 마주했다.

차니는 즉시 손을 들어 보병들을 한참 뒤로 이동시켰고, 후위에 있던 몬테규 기사단을 전방으로 합류시켰다.

얼핏 보기에도 10배는 넘게 차이 나는 군세에 기가 죽을 법도 하건만 몬테규 기사단에게 동요하는 모습은 보이지 않았다.

하긴 거의 5백 년 동안 대대로 이어져 온 기사단이니 신화 같은 전투가 오죽 많았으랴.

그리고 저들은 아마 귀에 못이 박히도록 그런 신화를 들었을 것이다.

오늘의 전투는 자신의 후손에게 들려줄 또 하나의 신화일 뿐, 넘지 못할 산이 아니라 생각하고 있을지도 몰랐다.

차니 역시 크게 긴장하고 있지 않은 듯 뒤를 돌아보며 '여기 다 모여 있으니 아스카 제국에서처럼 여기저기 찾아다닐 필요 없어 좋네'라며 농담을 할 정도였다.

차니의 그 농담에 온몸을 철갑으로 무장한 몬테규 기사단은 아무런 반응도 없었지만 비잔틴 제국의 리처드 후작은 참지 못하고 소리쳤다.

"여기서 죽을 테니 찾아다닐 수 없는 것이겠지!"

꽤나 먼 거리였지만 소드 마스터답게 한껏 마나를 실어 외치는 리처드 후작을 향해 살짝 웃으며 손까지 흔드는 차니였다.

"또 자넨가? 손은 좀 괜찮은 건가?"

악몽 같은 일을 꺼내는 차니에게 저주가 퍼부어졌다.

"너는 이곳에서 사지가 잘리게 될 것이다."

"착각하나 본데 자네 팔은 내가 그런 게 아니야, 너무 아파서 누가 그랬는지도 잊어버린 건가?"

중원과 달리 이곳 아틀란티스는 전투전에 상대 장군에 대한 모욕을 극도로 삼갔다.

신사의 매너라는 개념이었는데 차니가 볼 때에는 멍청하기 짝이 없는 생각이었다.

전쟁이란 국가의 사활이 걸린 일이고 따라서 비겁하거나 치사한 것이 없다는 것이 그의 생각이었다.

잠시라도 아니 순간이라도 좋다.

고수 간의 대결에서 한순간이라도 상대가 흔들릴 수 있다면 결과는 그것으로 정해지는 법이니까.

그리고 그의 바람대로 분노에 찬 리처드 후작이 차니를 향해 달려들었다.

차니 역시 리처드 후작이 도착할 때까지 기다리지 않고 마주 달려 나갔다.

둘의 거리가 3미터쯤이 되자 동시에 검을 꺼내 상대를 향해 휘둘렀다.

챙!

검과 검의 충돌음이 사방으로 퍼져 나갔고 그곳에 모인 자들은 이내 그들의 대결에 집중했다.

이전 전투에서의 아픈 기억이 떠올라서일까?

차니는 이 대결을 오래 끌 생각이 없었다.

또 어떤 변수가 생겨 자신이 곤란을 겪을지 그리고 얼마나 많은 부하를 다시 잃게 될지 생각하기조차 싫었기 때문이다.

그래서인지 차니는 리처드 후작과 치열한 검술 승부를 진행하는 동시에 리처드 후작 뒤편의 마나에 자신의 의지를 전달했다.

그런 차니의 의도를 눈치채지 못한 리처드 후작이 다시 차니의 왼쪽 옆구리를 베어 오자 차니는 뒤로 훌쩍 물러서서 검을 수평으로 내저었다.

'소드 스피릿!'

대결을 지켜보던 모든 이들이 차니의 검에서 뿜어져 나온 소드 스피릿의 진행 방향을 따라 고개를 돌리다 벌써 쓰러져 있는 리처드 후작을 보고 경악했다.

사실 차니는 소드 스피릿을 리처드 후작의 앞뒤로 날려 버린 것이었다.

하나는 차니의 검에서 시작되었고 다른 하나는 미리 준비해 둔 리처드 후작의 뒤편에서였다.

원거리에 있는 마나를 마나의 검으로 이용할 수 있다는 생각을 미처 하지 못한 리처드 후작의 몸은 그렇게 반 토막이 나 버렸다.

허무하게 사라진 리처드 후작의 원수라도 갚을 셈인지 바로 다음 순간 비잔틴 제국의 보우 유저들이 맹렬히 시위를 당겼다.

굳이 피할 생각이 없다는 듯 한참을 가만히 서 있던 차니는 쉴드를 시전했고, 근처까지 날아온 화살들은 차니의 쉴드에 막혀 폭발했다.

소리와 연기가 주변의 시선을 막는 동안 차니의 검이 다시 휘둘러졌다.

'대동신공 파.'

'대동신공 멸.'

잠시 후 폭발로 인한 연기가 사라짐과 동시에 차니가 일으킨 마나의 파도가 비잔틴 제국 보우 유저들을 덮쳐 갔다.

아무리 10만 대군이라고 해도 저런 식의 황당한 무공에 아군이 죽어 나가니 머릿수의 우위에서 나왔던 사기는 금세 사그라지고 말았다.

그리고 차니는 적의 사기가 꺾이는 상황에서 잠자코 있을 지휘관이 아니었다.

"몬테규 기사단 전원, 나를 따르라!"

"존명!"

마치 한 명이 대답한 듯 동시에 입을 맞춘 몬테규 기사단이 날아오르듯 뛰어가 차니의 뒤를 받치자 기세가 오른 차니는 더욱 속도를 내어 전방의 보우 유저들을 도륙해 갔다.

차니의 검이 종횡으로 움직여질 때마다 소드 스피릿이 뿜어져 나왔고 반월형의 형상을 한 소드 스피릿은 목표물의 몸통을 자르고도 한참 뒤까지 형태를 유지한 채 뻗어 나갔다.

"막아라, 막아야 한다!"

다급해진 애드워드 공작이 마침내 전면으로 나서며 소리쳤지만, 그의 지시가 전선의 최전방까지 도달하기에는 많은 시간이 필요했다.

군의 사기를 다독거리며 선두 쪽으로 급히 발걸음

을 옮기던 애드워드 공작이 차니와 마주쳤을 때에는 이미 대부분의 선봉대가 꺾인 후였다.

아무렇게나 널브러져 있는 아군의 시체 더미를 보자 애드워드 공작과 그의 기사단은 솟구쳐 오르는 분노에 치를 떨었고, 더 생각할 것도 없이 아군을 도륙하고 있는 원수들에게 쏟아지듯 부딪혔다.

'쾅' 하는 폭발음과 함께 애드워드 공작의 새빨간 소드 스피릿이 몬테규 기사단원들을 덮쳤고, 그 폭발에 휘말린 다수의 인원이 다시 일어서지 못했다.

애드워드 공작의 검이 다시 횡으로 움직이며 소프 스피릿을 뿜어내려는 찰나 어느새 나타난 차니가 자신의 검을 힘껏 들어 올려 애드워드 공작의 검을 위로 쳐 냈다.

챙!

비록 이끌고 있는 병사들의 규모는 다르지만 군대의 우두머리들이 마주친 것이다.

"도망치려면 지금이 마지막 기회다."

분노를 안으로 갈무리한 듯 애드워드 공작의 목소리는 한겨울 바람만큼 시리도록 차가웠다. 하지만 그 정도에 고개 수일 차니가 아니었다.

"애드워드 공작, 부디 도망치지 말기 바라네."

"지금 끝장을 보자는 말이군."

"미안하지만 나는 적에게 자애로운 사람이 아니라서."

"같잖은 애송이."

코웃음을 치던 애드워드 공작의 몸이 순식간에 날아오르며 차니를 덮쳐 왔다.

어느새 그의 검에는 새빨간 마나가 한껏 응집되어 있었고 그것에 닿는 무엇이든 산산이 부수어 버릴 듯했다.

하지만 차니는 그의 공격을 피하지 않고 몸을 한 바퀴 회전하며 정면으로 응수했다.

챙!

또다시 검끼리 부딪히는 소리가 들려왔다.

공세를 늦추기 싫은 애드워드 공작의 검은 어느새 차니의 왼쪽 목을 베어 왔지만 가볍게 내지른 차니의 검에 막히고 말았다.

그런데 차니의 검은 막는 데서 그치지 않고 애드워드 공작의 검과 마주친 상태로 스르륵 앞으로 이동했다.

당황한 애드워드 공작이 황급히 검을 떼어 놓으려 했으나 이미 차니의 검은 애드워드 공작이 들고 있는 검의 코등이 근처까지 전진한 상태였고 애드워드 공작이 황급히 자신의 검을 들어 올리는 순간을 놓치지 않고 애드워드 공작의 옆구리를 찌르고 말았다.

애드워드 공작이 급히 들어 올린 팔을 아래로 내리자마자 어느새 옆으로 한 발 이동한 차니가 눈부신 속도로 검을 찔러 이번에는 애드워드 공작의 왼쪽 어깨를 관통해 버렸다.

애드워드 공작의 입장에서는 아직 신음소리도 내지 못할 만큼 순식간에 당한 일이었지만, 이미 차니의 검은 다시 애드워드 공작의 몸통을 대각선으로 가르고 있었다.

그리고 다음 순간.

스르륵.

마치 얼음이 미끄러지듯 애드워드 공작의 상체가 하체와 분리되어 버렸다.

"와~"

"와~~"

순식간에 적의 소드 마스터이자 지휘관 두 명을 마

나의 품으로 돌려보낸 차니를 향해 몬테규 기사단이
응원의 함성을 보내 왔다.

그리고 그 함성은 일방적인 학살이 시작된다는 뜻
이기도 했다.

앞에서부터 차근차근 비잔틴 제국의 군대를 도륙한
차니와 몬테규 기사단은 어느새 사막을 가로질러 알
브라함 입구에 도착했다.

차니는 그곳에서 진격을 멈춘 다음 자신이 이끌고
온 모든 병력을 쉬게 했다.

승리의 기세를 몰아 단숨에 수도로 입성하는 것이
정석이겠지만 왠지 모를 위화감이 차니를 감싼 것이
이유였다.

쫓겨 들어오는 비잔틴 제국의 군사들을 아무런 원
망 없이 받아들이는 수도의 분위기에서 어쩌면 힘든
싸움이 될 수도 있겠다는 예감이 든 것이다.

어느 세계이든 전쟁은 군인들이 하는 것이다.

그런데 국지전이 아닌 점령전에서는 얘기가 달라진
다.

일반 시민의 입장에서 보자면 만약 조국의 군대가
적국의 군대에게 패하고 나면 자신이 살고 있는 땅과

집, 나라가 모두 사라진다는 것이었고 그것은 자기 자신의 인생조차 사라진다는 것을 의미했다.

대부분의 승전국은 패전국 시민의 지위를 인정하지 않기 때문에 그들은 살해당하거나 노예로 팔려 가거나 할 뿐 이전의 삶으로는 돌아갈 수 없었다.

눈 뜨고 그런 일을 겪을 수 없으니 어떻게든 조국의 군대를 도와 나라를 지켜야 하는 것이다.

수도 입구에서 일반 시민들이 뿜어내는 그런 열기를 감지한 차니는 당장 그들과 부딪히기보다 멈추기를 택한 것이다.

공작의 위치에 있는 자신도 자신이지만 대대로 궁지 높은 무인 집단인 몬테규 기사단에게 민간인 학살을 강요할 수는 없는 노릇이었다.

그렇다고 수도 입구에서부터 인(人)의 장막으로 철통방어를 하고 있는 저들을 피해 갈 수 있는 방법도 없으니 그야말로 딜레마에 빠지게 된 것이다.

자고로 민간인을 학살한 군대치고 그 끝이 좋았던 적이 있었던가?

그것은 전생의 항우 시절을 고스란히 기억하고 있는 차니 자신이 가장 잘 알고 있는 물음이었다.

천하 민심을 등지게 만드는 것은 그들에게 한을 심어 주었기 때문이었다.

항우뿐만이 아니다.

애당초 천하를 통일한 진나라가 그렇게 빨리 무너진 이유도 바로 그것이었다.

너무 많은 피를 흘리게 하고 너무나도 가혹하게 통치한 탓에 직간접적인 피해자가 천하에 가득했다.

대사를 치루면서 어찌 사연이 없을 수 있겠냐마는 그 사연의 개수는 적을수록 이후의 세계가 유지될 가능성이 컸다.

정규군을 박살내 버린 탓에 큰 위협은 없겠다고 판단한 차니는 아예 그곳에서 식사 준비를 하라 명하며 진지를 구축했다.

아무래도 다음 행보를 위해서는 다양한 사고를 할 시간이 필요한 듯했다.

'어차피 비잔틴 제국의 정예군은 대부분 무너졌다. 남은 것은 수도를 정벌하고 비잔틴 제국 황제의 목을 베는 것뿐이다. 하지만 저 많은 민간인이 인(人)의 장막을 치고 있으니 나아갈 수가 없구나. 저들을 모두 죽이고 나아가 대륙을 통일해 본들 그것이 무슨 의미

가 있겠는가? 사람이 있고 통일된 나라가 있는 것이
니 통일을 위한 학살 따위가 어찌 정당할 수 있겠는
가!'

차니의 생각이 이어지던 바로 그 순간 하늘에서 다
정한 선율이 흘러나왔다.

'아이야, 네가 이제야 내 뜻을 이해했구나.'

그리고는 하늘에서 내려온 황금빛이 차니를 몇 겹
으로 휘감아 버렸다.

다음 순간 차니의 몸은 사라져 버리고 말았다.

Chapter 47
재현되는 형양성 전투

광활한 들판에 기세 좋게 우뚝 솟은 성 하나가 보였다.

하지만 어마어마한 규모로 성을 빙 둘러싼 군용 천막들 탓에 '외롭게만 보였다.

그 많은 군용 천막들 중에서도 가장 크게 올려진 천막 안이 시끄러워졌다.

아마도 누군가를 다급히 깨우는 소리인 듯했다.

"대왕, 어찌된 일이십니까? 눈을 떠 보십시오."

죽은 듯 누워 있는 거구의 사내의 몸을 스스럼없이 흔들어 대는 걸로 보아 꽤나 가까운 자인 듯했다.

얼마나 지났을까?

미동도 않고 누워 있던 거한의 눈꺼풀이 스르륵 올라갔다.

그때까지 참을성 있게 그를 깨우던 자가 다급히 한 발 뒤로 물러나 예를 갖추었다.

"용저…… 자넨가?"

오랜 시간 누워 있던 탓인지 한껏 가라앉은 목소리였지만 용저라 불린 자는 반색하며 급히 대답했다.

"예, 대왕. 이제 정신이 좀 드시옵니까?"

"가까이. 가까이 오시게."

누워 있던 사내의 부름을 받은 용저가 한 발짝 앞으로 다가가자 거한의 시선이 따라왔다.

짧은 침묵도 잠시, 누워 있던 사내는 달려들듯 용저를 끌어안았다.

갑작스런 상대의 반응에 어안이 벙벙해진 용저가 뭐라 말하려는 찰나.

용저는 자신의 뺨에 뜨거운 눈물이 떨어짐을 느꼈다.

도무지 감이 잡히지 않은 용저가 당황하는 사이 사내의 굵은 목소리가 들려왔다.

"어디 갔었더냐…… 왜 그렇게 멀리 갔던 게냐."

해하 전투가 일어나기 직전 한신의 제나라 정벌이 한창일 때 패왕은 제나라를 돕기 위해 용저에게 5만 병력을 주어 보냈다.

한신이 제나라마저 평정해 버린다면 한나라의 영토는 천하 셋 중 둘을 가지게 되기 때문이었다.

하지만 용저는 한신의 계책에 빠져 목이 베어졌고 5만여 병력도 몰살당하다시피 철저히 궤멸되어 버렸다.

그 바람에 패왕은 최후의 전투인 해하에서 한 팔과 같은 존재인 용저 없이 한의 대군과 맞붙게 된 것이었다.

종리매와 환초, 계포가 충분히 잘 싸워 주었지만 결정적인 한 방이 모자랐었는데 용저까지 있었다면 그 부분을 메우고도 남았을 것이었다.

그것이 못내 안타까웠던 패왕의 말이었지만 아직 일어나지도 않은 먼 훗날의 일을 용저가 알 리 없었다.

"대왕, 소신은 대왕의 곁을 한 치도 떠나지 않고 줄곧 지키고 있었사옵니다."

용저의 말을 들은 사내는 말없이 고개를 끄덕이고
또 끄덕였다.

어느새 마음을 추스른 사내가 벌떡 일어나 주위를
둘러보았다.

막사 안에는 꿈에서도 그립던, 눈에 익은 얼굴들이
아직까지도 자신을 걱정스러운 눈빛으로 지켜 주고
있었다.

가장 가까이에 있는 백발의 노인이 보였고, 그 옆
으로 죽으러 가라는 길을 한 번 마다하지 않은 역전
의 용사들이 줄지어 보였다.

다시 한 번 속에서 뜨거운 것이 끓어올라 패왕의
눈가를 적셨다.

그곳에 모인 이들은 모두 패왕의 최측근이지만 그
런 패왕의 모습은 생소하기 짝이 없는 것이었다.

그들이 아는 패왕은 무력으로 천하를 거느리는 자
이지 인정(人情)으로 세상을 품는 자는 아니었기 때
문이었다.

하지만 그들이 아는 패왕은 이미 죽고 없었다.

지금 그들 앞에 깨어난 패왕은 유방에게 놀아났던
전생의 그자가 아니었다.

武神

그것을 증명하기라도 하듯 패왕은 천천히 걸음을 옮기며 자신의 주위를 둘러싸고 있는 충신들의 손을 하나씩 어루만졌다.

적의 계략에 빠져 끝내 죽게 만들었던 범증이 그리워 한참을 속으로 울었고, 자신의 말이라면 죽음을 두려워하지 않고 따랐던 종리매와 환초 그리고 계포의 손을 잡고도 한참을 말없이 있었다.

자신을 도와 고향을 등진 채 이곳까지 따라나선 종성(항 씨)의 장수들도 빼놓지 않고 모두 손을 잡아 준 다음 패왕은 원래의 자리로 돌아왔다.

곁에 서 있던 항백이 빙그레 웃으며 패왕에게 말했다.

"대왕, 너무 심려치 마시옵소서. 깊은 병환이 무서운 꿈이라도 꾸게 한 듯합니다."

패왕은 고개를 끄덕이며 조용히 입을 열었다.

"그렇소, 숙부. 아주 지독한 꿈이었소. 하도 지독해서 차마 입에도 담기 싫은 꿈이었다오. 하나 이제 꿈에서 깨어 형제들을 다시 보니 안심이 되는구려."

패왕의 말에 그곳에 모인 자들이 약속이라도 한 듯

동시에 허리를 굽히며 예를 표했다.

"성은이 망극하옵니다."

천 번도 넘게 본 그런 그들의 모습이었지만 패왕은 아직도 꿈만 같아 불안한 마음이 가시지 않았다.

"과인이 얼마나 누워 있었던 것이오?"

패왕의 물음에 다시 항백이 답했다.

"꼬박 달포를 깨어나지 않으셨습니다."

"달포라…… 그럼 한왕은 이미 형양성을 빠져나갔겠구려."

패왕의 말에 항백이 자신 있게 답했다.

"한왕이 빠져나갔다고 한들 이제 대왕께서 깨어나셨으니 다시 잡아 가두는 게 무에 그리 대수겠습니까?"

그런 항백의 말에 동의한다는 듯 용저와 종리매가 누가 먼저랄 것도 없이 나섰다.

"대왕, 명만 내려 주시옵소서. 소신이 직접 패현 장돌뱅이 놈의 목을 베어 올리겠습니다."

사무치게 그리웠던 그런 그들의 패기 가득한 모습에 패왕은 힘껏 고개를 끄덕였다.

"그대들을 보니 내 마음의 불안이 씻은 듯 가시는

구나. 내일 날이 밝는 대로 그대들과 천하 형세를 논할 것이니 그때까지 잠시 물러가 준비하도록 하라."

"명을 받듭니다."

"명을 받듭니다."

손과 발처럼 부려 온 자들을 모두 내보낸 패왕이 사람을 불러 우희를 찾았다.

하지만 아니나 다를까 우희는 행방이 묘연한 상태였다.

패왕이 깊은 잠에 빠진 그날, 우희도 사라진 듯했다.

곁에 두고 부리던 장수들이 모두 자신의 부대로 돌아간 것일까?

진채 곳곳에서 천지가 진동하는 듯한 함성이 쏟아졌다.

한왕이 형양성을 빠져나가는지도 모를 만큼 패왕의 생사에만 온 신경을 쏟고 있던 모든 초나라의 장졸들이 보내는 인사였다.

그날 밤 초나라 진영은 깨어난 패왕을 축하하는 잔치가 모처럼 늦게까지 이어졌다.

새벽이 깊어져 하나둘 잠이 들 때까지 꼼짝도 않고 자신의 진채 안에 있던 패왕의 심경은 복잡했다.

자신에게 다시 한 번 기회가 주어지는 것은 꿈에서도 바랐던 것이었고, 기회만 주어진다면 결과를 바꿀 자신도 있었다.

하지만 막상 기회가 주어지자 어울리지 않게도 과연 자신이 결과를 바꿀 수 있을까 하는 의문이 떠나지 않았다.

아틀란티스 대륙에 살던 시절 단 하루도 전생의 패인을 곱씹어 보지 않은 날이 없을 정도로 생각하고 또 생각했던 것이 어쩌면 부질없는 짓이 아닐까 걱정되는 패왕이었다.

이런 그의 모습은 한왕과 천하를 다투던 때는 물론 차니로 살던 생에서도 찾아볼 수 없는 것이었다.

오히려 광오하게 느껴질 정도로 오만과 자신감의 경계를 넘나들던 그였다.

하지만 마지막일 것이 확실한 기회를 놓고 싶지 않은 패왕은 신중에 신중을 거듭하고 싶었다.

그는 다시 한 번 지난 생을 반추하며 전투를 복기하고 패인을 분석하기 시작했다.

아무리 생각해도 전생의 실패는 홍문지회에서 시작되었다.

불과 몇 달 후 자신과 천하를 놓고 겨루게 될 상대였건만 패왕은 그때까지도 유방을 대단찮게 여겼다.

자신처럼 뼈대 있는 가문의 후손도 아니었고 병법은커녕 제 한 몸 가눌 지략도 없어 보였다.

더도 덜도 말고 마음만 먹으면 얼마든지 잡아다 죽일 수 있는 하찮은 존재.

그런 존재가 바로 한왕 아니, 유방이었다.

범증의 말대로 홍문지회에서 다짜고짜 유방을 죽였더라면 어떻게 됐을까?

자신이 천하의 주인이 될 수 있었을까?

전생의 마지막 순간인 오강으로 가는 길에 만났던 초나라 사람들은 길을 묻는 패왕에게 잘못된 길을 알려 주어 마침내 그를 죽음으로 몰아넣었다.

그것은 천하 인심을 잃었다는 확실한 증거였다.

생각이 거기까지 미친 패왕은 홍문지회에서 한왕을 죽였어도 천하 인심이 자신을 향하지 않았으리라 판단했다.

지난 일이야 어쩔 수 없는 일. 지금부터라도 천하 민심을 아우르는 데 주력하면 자신을 따랐던 민심을 수습할 길이 있으리라.

홍문지회에 대한 생각을 그치고 나서 다시 생각에 잠기는 패왕이었다.

그렇다면 그다음 순간은 언제였던가?

바로 이곳!

형양성이었다.

형양성에서 한왕이 농성을 하는 동안 한나라의 대장군인 한신이 상장군 조참, 기장 관영과 함께 동북쪽의 모든 지역을 한왕의 휘하로 쓸어버렸고, 북서쪽은 진작부터 번쾌가 자리 잡아 초군의 진로를 끊었다. 그뿐 아니라 팽월은 사방을 날뛰며 초나라의 보급로를 끊었으며 영포는 숫제 초나라 안을 점령하며 남쪽에서부터 세를 넓혀 갔다.

한왕에게만 정신이 팔려 있던 패왕은 이를 깨닫지 못했고 애석하게도 패왕을 대신해 대세를 읽어 줄 범증도 그의 곁을 떠난 후였다.

갈피를 못 잡고 발등에 떨어진 불을 끄는 데 급급했던 패왕은 전체적인 전황을 읽지 못했고, 어리석게도 동서남북으로 적들을 쫓아 전투를 치르느라 장졸들은 말도 못하게 지쳐 버렸다.

이제 와 생각해 보니 그 수많은 전투에서 승리할 수 있었던 것도 어쩌면 적들의 술수에 놀아난 것처럼 느껴질 정도로 앞뒤가 맞지 않았다.

왜냐하면 다시 생각해 보니 사방으로 적을 쫓아다니기만 했지 전투다운 전투를 해 본 적이 없었기 때문이었다.

남쪽으로 영포(경포)를 쫓아가면 영포는 뒤도 돌아보지 않고 도망만 쳤고 그사이 동북쪽에 머물고 있던 관영이 그 유명한 관영의 기마대를 이끌고 초나라 관도를 쑥대밭으로 만들었고, 또다시 그런 관영을 쫓아가면 팽월과 영포가 함께 나타나 초나라 전역을 휩쓸고 다녔다.

패왕이 이리저리 분주하게 오가며 시간을 허비하는 동안 소하는 한왕의 본거지인 한중에서 착실히 훈련시킨 정병들을 한왕이 머무는 곳으로 보내 힘을 보탰다.

그렇게 시간이 흐르자 패왕에게 남은 것이라고는 초토화된 근거지아 지쳐 버린 군사였고, 반대로 한왕은 천지 사방에 세를 떨치며 압도적인 대군을 거느리게 된 것이었다.

또한, 두 번째로 중요한 실수는 오창을 가볍게 여긴 것이었다.

천하제일의 곡창지대인 오창을 먼저 점령한 것은 오히려 패왕이었다.

그러나 패왕은 오창의 중요성을 인식하지 못했다.

'천하의 하늘은 백성이고 바로 그 백성의 하늘은 쌀'이라며 오창의 중요성을 일깨워 주던 부하의 충언을 코웃음 치며 무시해 버렸다.

하지만 결과론적으로 그 부하의 말이 옳았음을 부정할 수 없었다.

오창을 손에 넣은 한왕의 군대는 배부르게 먹으며 힘을 축적할 수 있었고, 더군다나 이동조차 거의 없었다.

그에 반해 패왕의 군대는 항상 굶주림과 싸워야 했고 수도 없이 돌아다녔다.

양쪽 군사의 사기를 비교해 볼 필요도 없었다.

그보다 더 중요한 것은 바로 민심을 잃은 직접적인 계기가 바로 그곳에서 시작됐다는 것이다. 항상 군량이 부족했던 패왕의 군대는 이동 경로에 위치한 마을과 성을 보이는 족족 약탈해 그들의 배고픔을 달랬던 것이다.

약탈 후 배고픔을 면한 패왕의 군대는 잠시 즐거웠을지 몰라도 반대로 영문도 모른 채 약탈을 당한 백성들에게는 괘씸하기 그지없는 일이었다.

전란 중에는 사소한 일도 과장되어 소문이 돌기 마련인데 하물며 이런 일이야 얼마나 소문이 커졌을지 불 보듯 빤한 일이었다.

더군다나 항복한 적을 적게는 수백, 많게는 20만 명이나 죽인 악명 높은 패왕의 군대였으니 그 소문이 오죽했으랴.

마지막으로 세 번째 실수는 상에 인색한 패왕의 성품이었다.

당시 약탈은 전쟁에서 이긴 쪽이 누리는 필연적인 부산물이었다.

그런데, 보물이란 보물은 모두 패왕의 창고에만 모였고 부하들에게는 상대적으로 급이 떨어지는 재화만 가지도록 했다.

또한 공을 나누는 데도 인색했는데, 진나라를 멸하

고 천하를 재패할 수 있도록 자신을 도왔던 이들에게 봉토를 나눠 주는 것이 아까워 제후의 인을 이미 파 놓고도 그 모서리가 닳을 때까지 내주지 않았을 정도였다.

나름대로 주된 패인을 다시 한 번 정리한 패왕이 돌이켜 보니 자신이 유방에게 사로잡히지 않을 게 다행이라 여겨질 정도로 어이없는 과오투성이었다.

대대로 초나라의 충신이었던 집안의 갑작스런 몰락 때문이었을까?

패왕은 자신을 키워 준 숙부 외에는 그 누구도 온전히 믿지 않았다.

그나마 자신과 같은 성을 쓰는 이들에게는 조금 더한 믿음을 가지고 있을 뿐이었다.

하지만 누가 뭐래도 패왕 휘하의 장수 중 최고의 전투력은 용저와 종리매가 가지고 있었고, 최대의 지략가는 다름 아닌 범증이었다.

종성의 장수들은 잘해 봐야 겨우 이류를 넘기는 수준일 뿐 결코 일류 장수는 아니었던 것이다.

하지만 그들은 이름만 허울 좋은 부장일 뿐 실제로는 가진 것이 없었다.

패왕이 그 일가에 땅과 벼슬을 나눠 주는 것을 보고 느꼈을 그들의 허탈감이 어떠했을지 짐작하고도 남으리라.

'하아~'

자신이 생각해도 어이가 없었는지 패왕의 입에서 짧은 탄식이 흘러나왔다.

'어찌하여 그리도 어리석었단 말인가!'

밀려드는 후회에 가슴을 부여잡으면서도 기왕 시작한 숙고를 더 이어 가며 한군과의 마지막 전투였던 해하 전투에 대해서도 반추하기 시작했다.

해하 전투에서 단 한 번의 패전으로 모든 것을 잃기까지 우여곡절도 많았지만 무엇보다 가장 큰 원인은 믿고 의지했던 종성 무장들의 역량이었다.

근거지인 팽성을 종형제인 항타에게 맡겨 놓으며 대군을 떼어 주었다.

한왕은 같은 역할을 피 한 방울 섞이지 않은 소하에게 맡겼는데 극심한 그들의 역량 차이는 당시의 역사를 알아 가는 이들에게 혐오감을 줄 만큼 대조적이었다.

한왕이 70번을 넘게 전투에서 지고도 매번 세를

회복할 수 있었던 이유는 근간이 될 군사와 군량을 조달해 주는 소하가 있었기 때문이었다.

말이 70번이지 고작 5년이 조금 넘는 시간 동안 그 많은 병력을 키워 내고 군량을 조달한다는 것이 결코 쉬운 일이 아닐 것이다.

반면, 항타는 대군을 육성하기는커녕 한왕의 유격 대인 관영, 조참에게 휘둘려 결국 팽성을 지켜 내지 조차 못했다.

장렬히 싸우다 전사하기라도 했으면 나름의 비장미 라도 있을 텐데 그것도 아니라 구차한 항복이었다.

비단 항타뿐만이 아니라 항장, 항백 등 패왕 곁에 있던 종성 무장들의 수준이 대게 그러했다.

그럼에도 불구하고 그들의 지위는 공에 상관없이 높았고, 이는 종성 외의 장군들에게 알 수 없는 소외 감을 느끼게 했다.

바로 거기서 시작된 두 번째 원인이 끝없는 배신이 다.

아무리 공을 세워 본들 달라지는 것이 없다.

충성을 맹세하고 자신의 목숨까지 던져 가며 고군 분투했음에도 불구하고 돌아오는 이득이 없다.

그런 현실을 오래 버틸 수 있는 사람이 몇이나 될까?

해하 전투 직전 등을 돌려 버린 대사마 주은 같은 경우에는 안타까움이 더하다.

패왕이 종성 외에 믿음을 가진 사람은 다섯이 전부이다.

바로 용저, 종리매, 계포, 환초 그리고 주은이다.

그중 주은을 특히 믿었는데 수도인 팽성 주변 대부분의 지역을 떼어 주며 관장하게 할 정도였다.

그런 그가 배신을 해 버리니 패왕으로서는 그때까지 스스로 이뤄 놓은 모든 것을 잃게 된 것이었다.

그런 까닭에 패왕 입장에서 재기를 시도하려면 자신의 입지가 아닌 강동까지 물러나 할아버지와 아버지의 명성에 기대야 하는데 자존심 강한 그로서는 선택하기 어려운 답안이었다.

그런데, 되짚어 보면 패왕이 선택을 하지 않아서 그렇지 사실 강동으로 돌아가는 것이 상책 중의 상책이었을 것이다.

초나라가 멸망의 길로 접어든 것은 천하통일을 꿈꾼 진나라의 대규모 침공 때문이었는데 이신과 몽염이 20만 대군으로 쳐들어온 첫 번째 침공과 60만 대군을 앞세운 왕전의 두 번째 침공이 바로 그것이었다.

이신은 드러난 공이 크지 않은 인물이라 그렇다 쳐도 몽염은 시황제의 천하통일 이후 북방의 여러 흉노족 갈래 30만을 토벌한 후 만 리에 걸친 성을 지은 인물로, 그 유명한 몽 씨 가문의 장손답게 당시에도 이름을 천하에 떨치고 있던 인물이었다.

하지만 패왕의 조부인 항연 역시 그 명성에 걸맞게 진나라의 첫 번째 침공을 완벽히 방어하였다.

그 기세가 얼마나 높았던지 살아 돌아간 진나라 병사가 드물었을 정도였다.

시황제는 패한 장수들이 아직 어려 일을 그르친 것이라 여겨 몽염의 조부인 몽오의 부장으로 오랫동안 활약했던 왕전에게 대업을 맡긴다.

출신은 몽오 대장군의 부장이었지만 이미 대장군으로 승진한 지 수십 년인 터라 당시 왕전의 전쟁 수행 능력은 진나라의 역대 어떤 대장군과 견주더라도 별로 뒤처지지 않을 정도였다.

이에 다시 맞선 항연은 왕전의 계책에 빠져 그만 패하고 말았다.

武神

사실 그 계책이란 것도 특별한 것이 없었는데 이전 1차 침공에서 크게 이겨 사기 높은 초나라의 장병들을 더욱 자극하는 것이었다.

무슨 뜻이냐면 왕전의 군대는 초나라 군대만 보면 꽁지 빠지게 도망가기만 했는데 이에 사기 백배한 초나라 장졸들은 어느 순간 이성적인 분별을 잃어버리고 만다.

바로 진나라 군대만 보면 고양이 쫓는 개처럼 앞뒤 가리지 않고 덤벼들고 만 것이다.

왕전은 이를 이용해 대군을 여러 곳에 매복시켜 한 싸움으로 항연의 초나라 대군을 전멸시켜 버렸다.

전군을 들어 임한 전쟁에서 패한다는 것은 나라의 멸망을 뜻하는 것이었고 결국 초나라는 진나라에 의해 역사의 뒤안길로 밀려나게 된다.

물론 이 전투는 두고두고 나라 잃은 초나라 국민들에게 한스러운 과거로 남아 있었다.

시간이 흘러 진나라의 폭정에 천하 민심이 들끓어 곳곳에서 영웅들이 반진을 외치며 일어섰고, 진나라에서는 반진 세력을 꺾으려는 군대가 동원되었다.

진나라의 군대 중 가장 큰 규모는 바로 초나라를

패망시킨 왕전의 손자인 왕리가 거느린 20만 대군이 었는데 재미있게도 그 왕리와 한바탕 접전을 벌인 것이 바로 항연의 손자인 패왕이었다.

당시 초나라 지역의 반진 세력을 이끌고 있던 패왕은 3만여 명의 병력으로 왕리의 20만 대군을 궤멸시키는 기적을 일으키며 사사로이는 집안의 복수를 크게는 초나라 국민의 망국의 한을 시원하게 풀어 주었다.

온 강동이 축제의 장으로 변했다고 할 만큼 그때의 패왕이 준 기쁨은 컸다.

그런 기억을 고스란히 가지고 있는 강동의 백성들이 고작 한 번 패했다고 패왕을 모른 체할 리 만무했다.

오히려 힘을 모아 다시 패왕이 초나라를 중심으로 천하를 통일할 수 있도록 도왔을 가능성이 컸다.

그러나 패왕은 후일을 도모하기 보다는 절정의 기세를 자랑하는 한왕의 대군과 맞서 싸우는 것을 택했고 그 결과는 비참했다.

그런 패왕의 판단에는 여러 사정이 있을 터지만 그 중에서도 결정적인 영향을 끼친 것은 주변 인물들의 배신이라는 것이 훗날 학자들의 공통된 견해이다.

다시 말해, 측근들도 배신해 버리는 판에 생판 남인 불특정 다수의 강동 백성을 믿고 후일을 도모하기란 요원하다고 판단했을 가능성이 컸다.

대사마 주은 외에도 옹치란 자가 있는데 이름 없는 무장을 굳이 언급하는 이유는 바로 그가 한왕의 철천지원수였기 때문이다.

한왕과 한 동네에서 나고 자란 옹치는 사사건건 한왕을 비판하고 반대했는데, 한왕이 몸을 세우기 전, 시전에서 건달 행세를 할 때부터 시작해서 거병하여 진나라에 맞설 때까지 끊임없이 한왕을 괴롭혔다.

그중 압권은 옹치가 패왕의 휘하에 있을 때 한왕의 부모와 아내를 잡아들인 것이었다.

말이 쉬워 부모와 아내이지 자신의 부모와 아내를 한창 전투 중인 상황에서 상대 진영에 빼앗긴다고 상상해 보라.

낭패도 그런 낭패가 없어 아마도 앞이 캄캄해질 것이다.

그런 일까지 저지른 옹치조차도 패왕을 배신하고 오히려 한왕에게로 귀순해 버릴 정도였으니 옹치를 받아 준 한왕의 너그러움은 차제로 하더라도 얼마나 많은 배신이 난무했는지 짐작할 만하다.

마지막 원인은 인재 등용의 한계로 볼 수 있다.

한왕에게 최후의 승리를 안겨 준 인물로 빠짐없이 오르내리는 자들이 한신, 장량, 진평이다.

그런데 한나라 진영의 근간을 이루는 인물들로 생각해도 무방한 저들은 모두 한때 패왕을 섬기던 자들이었다.

아이러니하게도 한때 자신을 위해 일하던 그들에 의해 패왕은 몰락을 맞게 된 것이었다.

그 과정에서 드러난 패왕의 한계가 바로 한왕과는 본질적으로 다른 기질의 차이일 것이다.

패왕은 유서 깊은 귀족 집안의 자제답게 출신을 매우 중시 여겼다.

자기 집안의 인물들을 중시한 것도 같은 맥락이라 이해할 수 있다.

하지만 한신, 장량, 진평은 말로는 대단한 가문의 출신이라고는 하지만 당시의 처지가 너무나도 초라했다.

패왕의 눈에 비친 그들은 그저 허풍 센 천둥벌거숭

이 정도였고, 당연히 중용하지도 않았다.

한왕이 소하의 청을 받아들여 망설임 없이 대장군에 임명한 한신을 자신의 집극랑으로 쓸 정도였으니 더 말해 무엇하랴.

참고로 집극랑이란 직위는 검이나 창을 들고 다니다 전투가 시작되기 직전에 그 무기를 건네주는 일종의 이동식 수납장 정도로 이해할 수 있는 하찮은 자리였다.

패왕의 식견이 그가 가진 무예의 반만이라도 됐다면 해하 전투 따위는 있지도 않았을 것이다.

하지만 어쩌겠는가?

이미 그들은 자신의 가치를 몰라 주는 패왕을 버리고 모두 한왕에게로 넘어가 버렸고, 불행히도 한왕은 패왕과 달리 그들을 역량을 한눈에 간파하여 곁에 두고 중용했다.

패왕으로서는 한스러운 일이지만 기왕지사 그렇게 된 일이라면 지금 남은 세력이라도 잘 단속하여 두 번 패하지 않게 하는 것이 최선이라 생각할 수밖에.

간신히 자책과 한탄을 뒤로한 패왕이 다시금 마음을 가다듬고 승리를 위한 대책 마련에 집중했다.

그런 그를 응원하듯 어느새 여명이 밝아 왔다.

비록 성 밖이기는 하나 오랜 시간 진채를 갖춰 온 덕분에 벌판이란 느낌은 없었다.

병사들이 식사를 하는 곳도 그랬다.

그럴듯한 식당이 건물로 지어져 있는 것은 아니었 지만 비를 피할 수 있는 두꺼운 천막 지붕이 있었고 편히 앉을 수 있는 나무 의자도 갖춰져 있었다.

전날 밤 패왕이 깨어난 소식을 들었기에 오늘 아침 의 식당 분위기는 오랜만에 밝았다.

특히나 패왕친위대의 분위기가 그러했는데 그도 그 럴 것이 그들은 시황제의 진나라 시절부터 패왕이 동 고동락하며 직접 훈련시킨, 말하자면 서로 나눈 것이 가장 많은 집단이기 때문이다.

그들에게 패왕은 믿고 의지해야 할 유일한 절대자 였으며 다른 한편으로는 누구보다 자신들과 가까운 주인이었다.

세상 사람들은 그들을 강동병이라 부르며 두려워했 고, 그 수는 자그마치 8천에 이르렀다.

실질적인 패왕의 주력인 그들에게 돌아가는 처우는

다른 병사들과 별반 다를 게 없었지만 누구도 불만을 제기하지 않았다.

그만큼 두텁고 살가운 그들만의 군신 관계였다.

"대왕께서 깨어나셨으니 이제 저놈의 성도 끝장이군."

"지긋지긋했어. 저까짓 거 깨부수는 게 왜 이렇게 어려웠던 건지 원."

패왕 친위대로 보이는 이들이 형양성 공성에 대해 저마다의 의견을 스스럼없이 제시하며 식사가 한창인 그때 패왕이 식당 안으로 들어왔다.

사실 식사 때마다 그곳에서 병사들과 함께한 패왕의 출현이 그리 새삼스러울 게 있냐마는 이번만은 경우가 달랐다.

보름이 넘도록 깨어나지 않아 다시 볼 수 있을지를 걱정하던 그들에게 여느 때처럼 그곳에 돌아온 패왕은 그립고 반가운 존재였던 것이다.

그래서일까? 오랜만에 나타난 패왕을 함성으로 반기는 그들이었다.

"와~~"

"와~~~"

그런 그들의 환대를 패왕은 마다하지 않고 손을 들어 적극적으로 받아 주었다.

나고 드는 병사들이 모두 자신을 볼 수 있게 식당 입구의 탁자에 자리를 잡고 앉아 아침부터 실컷 먹고 병사들에게까지 술을 내주며 한참 동안 자리를 지켰다.

오가는 병사들이 저마다 패왕에게 한마디씩 붙일 수 있을 정도로 편한 분위기를 만들어 자신을 따라 몇 년의 시간 동안 사선을 넘나든 그들과 함께했던 것이다.

어느새 모였는지 패왕의 뒤를 떠받치는 장수들까지 가세하여 분위기를 한껏 고조시켰다.

얼마나 지났을까?

어느 병사의 '대체 형양성은 언제 깨부술 거냐?'는 물음에 곁에 있던 병사 하나가 '귀찮으니 그냥 관중으로 들어가 한왕이 오갈 데를 없게 하자.'고 답하자 그곳에 있던 모든 장졸들이 크게 웃으며 동조했다.

하지만 그것은 실현 불가능에 가까운 일이라는 것을 그곳에 모인 모두가 알고 있었다.

옛 진나라 땅인 관중으로 향하기 위해서는 반드시

넘어야 되는 관문이 있었는데 그것이 바로 함곡관이었다.

패왕에게 처음이자 마지막으로 돌파된 전례가 있긴 하지만 함곡관은 진나라 6백 년의 역사 동안 굳건히 수도 함양을 지켜 온 저력을 가진 곳이었다.

패왕조차도 그 함곡관을 넘기 위해 하루에 여섯 번이나 전투를 거듭하며 겨우 넘은 곳을 다시 갈 엄두가 나지 않았다.

진나라를 멸하고 나서 수많은 충신들이 그곳에 그대로 도읍을 정하라고 했을 때에 코웃음 쳤던 패왕이지만 지금에 와서는 그들의 충언을 무시한 지난날의 행보가 뼈에 사무치도록 후회되는 이유이기도 했다.

천하에 뉘라서 감히 자신에게 대적할까 하는 마음에 허허벌판의 평지인 팽성에 도읍을 정했으나 한왕이 기세 좋게 반기를 들어 버리자 한왕 휘하의 장군들은 기다렸다는 듯 시도 때도 없이 팽성 인근에 출몰하여 수도로서의 구실을 아예 못하게 해버렸다.

만약 진나라의 수도인 함양을 그대로 취하거나 적어도 함곡관 안에 도읍을 정했다면 겪지 않아도 되었을 고초였던 것이다.

아무튼 그런 그들의 화기애애한 분위기는 곧이어 나타난 전령에 의해 사라지게 된다.

"보고, 완성에 한왕 출현."

완성? 뜬금없이 옛 조나라 땅인 완성에 무슨 영문으로 나타난 것인가?

아니, 그것보다 형양성에서 쥐새끼처럼 도망간 한왕이 고작 며칠 새 무슨 배짱으로 다시 중원으로 튀어나온 것인가?

좌중이 도무지 갈피를 잡지 못하고 우왕좌왕하는 사이 패왕만 희미한 미소를 짓고 있었다.

'그래, 이것이었다.'

한왕 특유의 여유로운 뱃심.

그것을 범인의 잣대로 이해하려 하거나 헤아리려 하면 당하고 만다.

그저 한왕의 행태는 그만의 것으로 인정하고 자신은 자신의 페이스대로 움직여야 한다.

그렇지 않으면 전생에서처럼 몸과 마음이 고달파지고 결국에는 모든 것을 잃고 말 것이다.

진즉부터 생각은 정리되어 있었고 한왕을 이기기 위한 작전 수립도 모두 끝난 상태였기에 패왕은 오히

려 그런 상황에서 미소를 잃지 않을 수 있었던 것이
다.

생각이야 어찌됐건 전령의 보고에 응답은 해야 하
는 법.

패왕이 껄껄 웃으며 물었다.

"그래, 한왕의 병력은 얼마나 끌고 나온 것이더
냐?"

"5만 이상으로 보입니다."

"5만이라…… 알맞은 숫자로구나."

패왕의 말이 무슨 뜻인지 몰라 좌중이 고개를 갸웃
하고 있었지만 패왕은 굳이 그들에게 다른 설명을 하
는 대신 작전 지시를 하달했다.

"한왕이 사방에 풀어 놓은 수하들을 믿고 저리도
겁 없이 나오니, 짐도 여러 장수들을 보내 우선 한왕
의 수족들부터 끊어 버려야겠다."

패왕의 말에 사사로이는 패왕의 숙부이자 집안의
가장 큰 어른인 항백이 되물었다.

"하오시면 어떻게 군을 나누시려는지요?"

항백의 물음에 패왕이 진중한 표정으로 답했다.

"명일 해가 뜨고 나면 군을 재편성 할 것이니 그리

들 알라. 고작 한왕이 집밖으로 나온 일로 흥을 깰 수
는 없지 않은가? 기왕 이렇게 된 거 오늘은 잔치를
하자꾸나.”

패왕의 호탕한 발언에 장졸들이 모두 크게 웃으며
화답했고 영내 이곳저곳에서 소와 돼지를 잡는 소리
로 한바탕 북적거림이 이어졌다.

그렇게 하루를 사기 고양에 오롯이 투자한 패왕은
다음 날 일찍 모든 장졸을 깨웠다.

오랜 시간 패왕과 함께한 그들이기에 이미 예감한
바가 있었고 패왕의 소집령이 떨어지자마자 신속히
대열을 정비하여 자리했다.

계포가 병력들의 도열이 끝났음을 알리자 패왕이
고개를 끄덕이며 장졸들 앞에 섰다.

“천하를 바로 세우려 하는 짐을 따라 고생이 많다.
하지만 기왕지사 시작한 일이니 한왕을 사로잡아 우
리 초나라가 천하를 아우를 수 있도록 끝까지 노력해
주기 바란다.”

그리고 그날 패왕은 전생에서 한 번도 보여 주지
못했던 권력 분산을 감행했다.

“종리매와 용저는 앞으로 오라.”

패왕의 부름에 둘이 달려오자 패왕이 말을 이었다.

"용저를 초나라 제1대 대장군에 임명하고 병력 5만을 그 휘하에 둔다. 대장군은 즉시 대군을 이끌고 호릉으로 출진하도록 하라."

호릉? 전선과는 아무 상관도 없는 동북쪽 큰 도시의 이름이 나오자 명령을 받은 용저는 물론이고, 자리에 있던 다른 이들까지 어리둥절해했다.

하지만 패왕은 진작부터 생각해 둔 것이 있는 듯 확고한 목소리로 명령을 이어 갔다.

"그곳에서 한의 대장군 한신이 더는 동쪽으로 세력을 키우지 못하게 하라."

그 말을 끝으로 패왕이 부절을 쪼개 나눠 주며 대장군의 검을 하사했다.

한쪽 무릎을 꿇어 기다리고 있던 용저가 두 손을 머리 위로 올려 대장군의 검과 부절을 받아 들더니 '삼가 명을 받듭니다.' 하는 외침과 함께 일어났다.

용저가 한켠으로 물러서자 패왕의 입이 다시 열렸다.

"대초(大楚)의 장수 종리매를 제2대 대장군에 임명하고 역시 병력 5만을 그 휘하에 둔다. 대장군은 즉시 대군을 이끌고 진류 땅으로 가 한나라의 기장 관영과 조참이 우리 초의 근처에 얼씬도 못하도록 하라."

그리고는 역시 부절과 대장군의 검을 하사했다.

또한 한마디 덧붙이는 것을 잊지 않았다.

"한왕의 수족 중 가장 큰 위협은 그 대장군 한신이다. 그가 어디로 올지는 알 수 없지만, 아마 그대들 둘 중 하나와 맞붙을 것이다. 두 대장군은 꺼리지 말고 연계하여 한신을 꺾어 달라."

2대 1로 싸우라는 패왕의 말에 자존심이 상할 법도 하건만, 오랜 충신들답게 오해 없이 패왕의 뜻을 받드는 용저와 종리매였다.

두 명에 대한 임명이 끝나자 패왕은 다시 다른 두 명을 불렀다.

"환초, 계포는 어서 와 명을 받들라."

기다렸다는 듯 환초와 계포가 패왕 앞에 부복하자 패왕이 말을 이었다.

"계포를 초의 제3대 대장군에 임명하고 휘하에 병력 3만을 둔다. 대장군은 속히 대군을 이끌고 구강 땅으로 가 초를 배신한 영포의 죄를 묻도록 하라."

"삼가 명을 받듭니다."

영포는 원래 패왕이 부장으로 삼을 정도로 무력과 지략이 탁월했지만 그 됨됨이가 천해 믿기 힘든 자였다.

하지만 한왕 휘하의 장수 중 가장 위험한 존재란 것은 재론의 여지가 없을 정도로 확실한 것이었다.

그렇기에 패왕으로서는 영포의 군대에 지혜롭게 맞서 병력 손실을 최소한으로 할 지장이 필요했다.

현재 패왕의 휘하 장수 중 가장 지략이 뛰어난 계포였기에 누구보다 그런 패왕의 의중을 잘 파악하고 있었다.

마지막으로 패왕은 환초에게도 대군을 맡겼다.

"환초를 초의 제4대 대장군에 임명하고 역시 휘하에 3만 병력을 둔다. 대장군은 속히 대군을 이끌고 대량으로 가 세를 넓히고 있는 팽월을 사로잡아 죄를 묻도록 하라."

"삼가 명을 받듭니다."

이전에도 부대를 쪼개는 일이 없지는 않았지만, 오늘이 의미 있는 이유는 바로 대장군이란 직함 때문이다.

춘추시대 이래로 대장군이란 왕을 대신히여 병력을

통솔하여 자율적으로 사용할 수 있는 유일한 직책이
었다.

징병을 위해 인근 지역에 대한 행정권을 가짐은 물
론이었다.

새로이 대장군으로 임명받은 네 명의 장수는 늘 그
랬듯 곧이어 하달될 기한에 대해 귀를 기울이고 있었
다.

패왕의 부대는 항시 기한을 가지고 독립 부대를 운
영했기 때문이었다.

그런데 이어진 패왕의 말이 의외였다.

"임명 받은 모든 대장군은 즉시 작전지로 가 명을
수행하되, 단기적으로 군을 운용치 말라. 밖으로 적
을 물리치고 안으로 정병을 양성하여 10만 대군을 휘
하에 두어야 한다."

그 말은 패왕이, 자기 자신밖에 믿지 못해 병력을
나누어 주기를 제 팔이 떨어져 나가는 것처럼 여기던
그 패왕이, 지금 병력을 쪼개 대장군들의 밑천으로
내준다는 뜻이었다.

이것은 거의 8년 동안 지근거리에서 패왕을 보좌해
온 네 명의 대장군조차도 예상치 못한 일이었다.

하지만 그들의 놀람은 여기서 그치지 않았다.

"눈앞의 적을 쳐부수는 자는 그 공이 사해처럼 크다 할 것이다. 하나 민심을 거두어 백성들이 우리 초를 따르게 하는 자의 공에는 미치지 못한다. 대장군들은 명심하여 백성들이 마음으로 초를 섬기도록 하는 데 힘써야 할 것이다."

전쟁이 끝나지도 않았는데 민심부터 수습하라는 패왕의 말에 네 명의 대장군은 의문을 거둘 수가 없었다.

상식적으로 전쟁 상황에서는 민심을 신경 쓸 수가 없다.

병력들을 강제로 징용해야 하고 군량을 조달하기 위해 인근 고을의 식량을 강탈해야 함은 물론이었다.

그 모든 행위는 전쟁이 끝나고 난 뒤에야 사후 보상 형식으로 피해 보상이 이뤄지는 것이 당시의 상식이었다.

인기나 명성에만 신경 쓰다 전쟁을 치룰 병력과 군량이 모자라 적군에게 패하기라도 한다면 말 그대로 모든 것을 잃게 되기 때문이다.

하지만 패왕은 전쟁의 승리를 둘째로 하고 민심을 첫째로 하라는 명령을 내리고 있었다.

그들은 뭐가 뭔지 이해는 되지 않았지만 오랜 시간 패왕을 따라왔던 자들답게 다만 순종할 뿐, 굳이 그들의 주군이 내린 명에 항거하지 않았다.

다만, 계포가 머뭇거리며 자신의 의견을 말했는데 패왕의 명과는 다른 내용이었다.

"대왕, 크신 은혜에 감사드리오나 이렇게 병졸을 쪼개고 나면 본진에는 4만의 병사도 남지 않게 됩니다. 저 형양성 안에는 한왕의 10만 대군이 여전히 건재한데 그들을 어찌 상대하려 하십니까?"

자신의 안위를 먼저 생각해 주는 계포가 기특하다는 듯 패왕이 껄껄 웃으며 답했다.

"쥐새끼 같은 주인이 이미 도망쳐 버린 터에 그 휘하에 있던 군사가 십만이 아닌 백만인들 대수랴. 대장군은 부디 심려치 말라."

패왕의 끝 간 데 모를 자부심이 한껏 묻어 나오는 발언이었지만 계포는 그저 고개를 끄덕이며 동의할 뿐이었다.

무신인 패왕이 그렇다면 그런 것이다.

성 밖의 4만 군세로 성안의 10만 대군을 포위하고 있는 꼴이 우습게 보이지만 뭔가 다른 대책이 있을

武神

것이었다.

얼마 안 있어 재편성된 군대가 속속 본진을 떠나 목적지로 향했다.

남은 4만의 대군을 배불리 먹인 패왕이 그들을 다시 한곳에 모이게 했다.

"우리는 형양성의 포위를 풀고 광무산으로 간다."

바로 서광무의 산성에 자리 잡고 있는 번쾌를 치러 간다는 뜻이었다.

패왕이 전생의 패인을 곱씹을 때 첫 번째 변곡점은 물론 형양성이었다.

그런데, 둘째로 치기에는 그 여파가 너무 커 다시 첫 번째라 부를 수 있는 변곡점이 바로 광무산 전투였다.

해하라는 사지로 패왕을 몰아세운 결정적인 요인이 바로 광무산 전투였다.

광무산은 그 지형 때문에 크게 둘로 나뉘는데, 하나는 바로 번쾌가 이미 자리 잡고 있는 서광무였고, 다른 하나는 마주 보고 있는 형태의 동광무였다.

서광무와 동광무 사이에는 절벽이 자리하고 있어 직접적인 교전을 불기능했고 다만 산을 내려와 저쪽

산을 올라야 적을 공격할 수 있는 지형이었다.

속도와 집중을 중시하는 패왕으로서는 답답하기 짝이 없는 구조였던 것이다.

절벽의 폭은 가깝다면 가깝고 멀다면 먼 300보쯤의 거리였으나 날개가 없는 사람의 몸으로는 도저히 어찌할 수 없는 거리였다.

그 바람에 패왕은 서광무에 한왕을 가둬 두고 동광무에 진을 펼쳐 자그마치 1년여 시간을 허비하게 되는데, 대세는 바로 이때 결정 났다고 해도 과언이 아니었다.

그 1년의 시간 동안 한왕 휘하의 장수들이 천하를 헤집고 다니며 패왕의 군대를 지치고 굶주리게 한 것이다.

또한 패왕은 이때 처음으로 대규모 탈영을 경험하게 되는데 일반 병사뿐만이 아니라 제법 지위가 있는 장수들까지도 자고 일어나면 없어지기 일쑤였다.

현생에서는 결코 겪고 싶지 않은, 아니, 겪어서는 안 될 일이었기에 패왕이 직접 서광무를 치기로 마음먹은 것이다.

사실 지리적으로 보면 형양성이 깨지고 난 다음 한

왕이 도피할 만한 가까운 곳은 두 군데가 전부였다.

바로 번쾌가 지키고 있는 광무산과 형양성 인근의 성고였다.

성고성이야 어차피 형양성과 기각지세를 이루기 위해 지어진 성이었으니 이곳에서 싸우는 모든 이가 주의를 기울이고 있는 곳이었으나 광무산은 당최 예측할 수 없는 곳이었다.

산 자체가 그리 높고 웅장한 편이 아니었기에 대군이 거할 수 있다는 생각조차 못했다고 보는 편이 옳았다.

아무튼 패왕 입장에서는 전생의 과오를 두 번 범할 수는 없는 노릇이었다.

점심 나절 동안 배불리 먹인 병사들을 쉬게 한 패왕이 드디어 자신의 애마인 오추마에 올랐다.

말 위에 올라 도열한 병사들을 훑어보던 패왕이 굳은 표정으로 고개를 끄덕였다.

"전군, 광무산을 향해 진군하라."

그리고 드디어 한 많은 패왕의 두 번째 인생. 그 첫 전투가 시작된다.

Chapter 48
전생은 전생일 뿐

번쾌는 한왕 휘하에 있는 심복 중에서도 가장 가까운 심복이었다.

우선 가족 관계부터 엮이는데 한왕의 정실부인인 여 부인의 동생이 바로 번쾌의 정실부인이었다.

민가로 친다면 사사로이는 동서 관계인 것이다.

그러나 그것은 그들의 관계를 보여 주는 단편적인 예일 뿐이다.

본래 한왕은 특별히 뛰어난 것이 없는 자였다.

지략이 뛰어난 자도 아니었고, 무력이 뛰어난 자는 더더욱 아니었다.

그렇다고 재물이 있는 자도 아니었다.

그럼에도 불구하고 한왕이 어릴 적부터 이미 그를 따르는 무리가 생겨났는데, 그 무리에 속한 대표적인 인물이 바로 번쾌였다.

번쾌는 또래보다 머리 하나가 더 클 만큼 풍채가 좋았고 힘도 장사였다.

성격도 모난 구석이 많아 고삐 풀린 망아지 마냥 좌충우돌할 때가 많았다.

그런 그가 유일하게 고개를 조아리는 자가 바로 한왕 유방이었다.

사실 한왕이 불혹이 지나도록 패현 시장통에서 건달 우두머리를 하며 상인들의 돈을 뜯어 살아간 것을 모르는 이가 천지에 없었다.

힘도 없고 지혜도 없는 한왕이 그런 생황을 할 수 있었던 건 따를 수 없는 무력을 지닌 번쾌의 존재 덕분이었다.

당시 번쾌는 한왕이 무슨 짓을 하더라도 그를 옹호했고 그의 힘이 되어 주었다.

또한 그 시절의 한왕이 가끔 위기에 몰리기라도 하면 번쾌의 기세가 얼마나 험했는지 오죽하면 진나라 관리들조차도 한왕이 연루되어 있다는 소리가 들리면 고개를 돌려 못 본 체 할 정도였다.

한왕 또한 번쾌에게 지극했는데 자신을 믿고 따르는 부하 중 으뜸으로 대하는 수준이 아니라 친형제와 다름없이 대했다.

나중에는 처제를 중매해 한 집안 사람이 되게 할 정도였으니 한왕의 마음 씀씀이 또한 번쾌에 뒤지지 않았다 할 수 있다.

시간이 흘러 패현 뒷골목 건달인 유방이 진나라의 폭정에 항거하려 몸을 일으켰을 때 그를 아는 대다수의 인물들은 그런 그를 주제 파악 못하는 못난이라 비웃었으나, 번쾌는 어느새 장군의 복장을 한 채로 나타나 한왕을 놀라게 했다

한왕이 무슨 해괴한 짓이냐고 번쾌를 말리자 '왕을 모시는 자가 장군의 복장을 갖추는 것이 당연하지 않소?'라며 오히려 한왕의 말문을 막아 버린 그였다.

패왕이 생각건대 형양성을 떨어뜨리기 위한 뾰족한 방법이 없는 지금 최선의 선택은 형양성의 숨통을 틔게 해 주는 성고성과 광무산성을 취하는 것이었다.

성고성은 형양성과 불과 10리 밖에 떨어져 있지 않

아 서로 의지하는 형색이었고, 광무산은 형양에서 중
원으로 진입하는 가장 가깝고 큰 길 가운데 떡하니
버티고 있는 곳으로 그 때문에 초나라 군사들은 먼
길을 돌아가야만 했다.

패왕이 형양성에만 모든 것을 쏟아붓고 싶어도 그
럴 수가 없는 상황인 것이다.

그런 패왕의 첫 번째 선택은 바로 광무산을 지키고
있는 번쾌의 진영을 무너트리는 것이었다.

광무산 길만 트여도 본국에서 오는 보급을 받는 날
이 절반으로 줄어들뿐더러 들고 나섬이 한결 수월할
터였다.

생각이 정리되자 패왕은 그날로 광무산 쪽으로 방
향을 돌렸다.

형양성을 포위하고 있던 병력을 아울러 하루 반을
걸어서 어느새 광무산 입구에 도착한 패왕의 부대는
기치를 높이 세우고 진영을 정비한 채 휴식에 들어갔
다.

한낮이기는 하나 산속의 밤은 빠르게 찾아온다.

또한 철저한 사전 준비 없는 산속 야간 전투는 그
결과를 장담키 어려웠다.

그런 이유로 아예 하루를 휴식하기로 한 패왕은 느긋하게 산 입구에 진을 펼쳐 둔 것이다.

한편 산성 안에서 탐마의 보고를 들은 번쾌는 때 아닌 패왕의 대군에 정신이 아득해졌다.

패왕이 형양성을 포위하고 있다고 들었지만 감히 산을 내려가 한왕을 구원하지 못했던 건 다름 아닌 패왕이 지닌 강력한 무력이 두려웠기 때문이었는데, 형양에 머무르고 있는 줄 알았던 패왕이 직접 대군을 거느리고 광무산 기슭에 나타나 버렸으니 그 심정이 오죽하랴.

또한, 번쾌가 간신히 만여 명의 군세를 유지하고 있는 상황에서 패왕이 실제로는 4만이지만 5만 대군이라 소문을 내며 산 입구에 턱 자리 잡아 버리니 오도 가도 못하는 신세가 되어 버린 것이다.

그렇게 번쾌로서는 쉽게 잠들기 힘든 밤이 지나고 있었다.

다음 날 아침 해가 뜨기 무섭게 패왕이 번쾌에게 사람을 보내 항복을 권고하며 달랬는데, 자못 애절함이 묻어 나오는 서찰과 함께였다.

번 공은 들으시오.

여러 해 한왕의 진영에 있는 장군을 보아 온 터라

대군을 이끌고 부딪치기가 여간 껄끄럽지 않소.

부디 휘하의 장졸들을 가엽게 여겨 항복하시기 바라오.

항복하기만 한다면 그대에게 칠대부의 작위를 내림은 물론이고

휘하의 병졸들에게 티끌 만한 위해도 입히지 않을 것이오.

하나 권고를 무시하고 항전하다 성이 함락되는 날에는

단 한 명도 다음 날 해를 보지 못할 것이니

번 공은 부디 신중히 판단하시기 바라오.

패왕의 사신을 통해 전해 받은 서찰을 받은 번쾌는 이건 또 무슨 일인가 싶어 마음이 혼란스러웠다.

천하가 아는 패왕의 패턴은 우격다짐으로 적을 공격해 버리는 것이지 결코 회유하는 것이 아니기 때문이었다.

물론 한왕이 패왕과 척을 지기 이전부터 패왕이 자신을 좋게 봐 주고 있다는 것은 알고 있다.

그렇다고 해도 그건 단순한 호감 수준이지 이런 식으로 회유까지 할 정도는 아니었던 것이다.

당황스러운 마음에 어떻게 대응해야 할지를 몰라 한참을 고민하던 번쾌가 드디어 결심한 듯 답장을 적기 시작했다.

얼마 지나지 않아 작성을 마친 번쾌는 서한을 잘 봉해 패왕의 사신에게 건넸다.

번쾌의 서한은 품속에 단단히 갈무리하여 한달음에 산을 내려온 사신이 패왕에게 전하자 패왕은 고개를 끄덕이며 건네받았다.

아니나 다를까? 서한에 담긴 내용은 생각해 줘서 고마우나 정중히 사양하겠다는 내용이었다.

하지만 패왕은 호쾌하게 한바탕 웃은 다음 서한을 내려놓으며 정반대의 소리를 했다.

"번쾌가 사흘 후에 예를 갖춰 항복하러 산을 내려온다는구나."

사실을 알 리 없는 패왕의 장졸들은 함성을 지르며 화답했다.

패왕이 다시 장졸들에게 일러 군량을 아끼지 말고 모두 내어 실컷 먹고 마시게 했다.

한낮부터 실컷 먹고 마신 병사들은 초저녁을 넘기지 못하고 기절하다시피 잠들어 버렸다.

그리고 다음 날 해가 뜨기도 훨씬 전에 패왕이 전군에 은밀히 비상 대기를 명해 전날 초저녁부터 잠들어 있던 장졸들을 깨웠다.

그렇잖아도 배부르게 먹고 오랫동안 쉬었던 터라 가벼운 발걸음으로 병사들이 도열하자 패왕이 은밀한 목소리로 명령을 하달했다.

"지금 즉시 산을 올라 광무산성을 친다."

항백이 고개를 갸웃거리며 패왕을 말렸다.

"대왕, 항복하기로 한 적을 치는 것은 명분도 없고 실리도 없습니다."

패왕이 고개를 가로저으며 답했다.

"전날 번쾌가 보내 온 서한은 항복하지 않겠다는 내용이었네. 오늘 야습을 위해 지어낸 것이라네."

여전히 이해를 하지 못하는 여러 장수들을 위해 패왕이 다시 입을 열었다.

"자고로 기습은 적이 예기치 못할 때 나아가야 하

는 법이다. 우리 진영이 흐트러져 있는 것을 적의 첩자들이 이미 정탐했을 터. 아마도 적은 안심하고 야습에 그리 크게 신경 쓰지 않고 있을 것이 분명하다. 그러니 지금이 오히려 야습을 할 때다."

"하오나 대왕, 광무산은 산세가 험해 낮에도 오르기가 힘듭니다. 거기다 곳곳에 목책과 방벽이 있어 과연 그것들을 깨부술 수 있을까 우려됩니다."

반복되는 항백의 우려에 패왕이 호탕하게 웃으며 답했다.

"하하하, 그래서 내가 낮에 특별히 그것들을 준비하라고 한 것일세."

그날 낮 패왕은 궁병들뿐만 아닌 일반 보병들에게도 활을 나눠 주었는데 두 가지 종류의 화살을 지급했다.

하나는 화살 전체를 헝겊으로 칭칭 감은 화살이었고, 다른 하나는 촉이 있을 부분만 헝겊을 두른 화살이었다.

두 화살 모두 헝겊에 기름을 가득 먹여 놓도록 지시했는데 당시에는 영문을 모르는 병사들이 그저 따를 뿐이었다.

지금 패왕이 하는 말을 들어 보니 아마도 화공계를 쓰려고 미리 준비한 것이었다.

야습 중에 으뜸은 화공이었는데 이유인즉슨 잠이 덜 깬 적군의 눈앞에 자신들의 주둔지가 불타는 장면이 들어오면 전의를 상실하기 십상이기 때문이다.

그제야 패왕의 의도를 알아챈 장수들이 고개를 끄덕이며 동의하자 패왕이 그들을 다독여 서둘러 출병토록 했다.

그리고 얼마 안 있어 4만 대군이 광무산을 겹겹이 포위한 채 조금씩 진격하는 모습이 들어왔다.

패왕을 비롯한 장수들이 앞장서 산성을 오르는 요소마다 설치된 목책과 망루를 최대한 신속히 제거하며 길을 열자, 얼마 안 있어 저 만치에 산성이 나타났다.

숨죽여 조심스레 전진하던 초나라 장졸들이 광무산성이 눈으로 보이는 지점에 도착하자 후위에 있던 중군에서 기다렸다는 듯 북을 치는 소리가 들려왔다.

둥둥둥!

아마도 그 북소리가 신호인 듯 광무산성 지척까지 접근한 초나라 장병들이 일제히 산성을 향해 기름을 가득 머금은 화살을 날렸고, 연이어 불을 붙인 화살을 다시 쏘아 댔다.

초나라 병사들은 종류별로 지급받은 화살이 각 10대씩이었음에도 불구하고 순식간에 화살을 소진해 갔다.

이상한 것은 순식간에 불바다로 변한 산성을 향해 돌격하지 않고 단단히 포위한 채 함성만 떠나갈듯 지르고 있다는 것이었다.

그 바람에 놀란 한나라 병사들이 자기들끼리 의심하여 눈앞의 나타난 자가 아군인지 적군인지를 따질 생각도 않고 무작정 서로를 공격했다.

한군은 이미 싸우기도 전에 초군에 지고 만 것이다.

번쾌를 비롯한 장수들이 정신을 차리고 부대를 정비할 때까지 그들 간의 살육전은 한참을 더 이어 갔다.

번쾌가 처음 산성에 자리 잡은 것은 종리매에게 호되게 당하고 그의 추격을 피하기 위해서였지만, 이후에 한왕으로부터 받은 구원병도 있고 여기저기 흩어져 있다가 복귀한 병사들도 적지 않아 당시에는 만여 명이 넘는 군세를 자랑했었다.

그러나 패왕의 야습 한 번에 절반 가까운 병사들이 꺾이자 번쾌는 산성을 지키기는 이미 틀렸다 싶었다.

서둘러 휘하의 장수들에게 형양성으로 도망갈 준비를 하라 이르고, 자신도 기마 수십 기만 이끌고 그나마 초군의 포위망이 옅어 보이는 북쪽으로 방향을 잡아 내달리기 시작했다.

하지만 그것은 번쾌의 희망이었을 뿐 초군의 포위망은 어느 한 곳 옅은 곳이 없었다.

오히려 북쪽은 패왕이 직접 병력들을 이끌고 진격 준비를 하고 있는 곳이었다.

패왕은 사사로이는 숙부인 항백에게 중군을 이끌라 명하고 반대 방향인 북쪽을 자신이 직접 지휘할 요량으로 온 것인데 뜻밖의 기회를 잡게 된 것이었다.

초나라 병사들에게 당장 쳐들어갈듯 힘차게 함성을 지르게 한 지 반 시진쯤 지났을 때 산성 쪽에서 땅이 진동하기 시작했다.

패왕은 직감적으로 기마대가 접근함을 알았고, 곧장 휘하의 기마 몇 기만을 이끌고 말이 다닐 만한 완만한 경사가 있는 곳으로 향했다.

얼마 지나지 않아 기마 수십 기가 속도를 줄이지

않고 곧장 초나라 진영을 뚫고 들어왔다.

패왕은 기다렸다는 듯 오추마를 몰아 기마대의 옆구리를 찔러 들어갔다.

적 기마대의 출현은 이미 예상했다는 듯 번쾌와 휘하 수십 기는 자신들의 옆구리를 찔러 온 초나라 기마대에 크게 당황하는 기색이 없었다.

더군다나 규모도 몇 기 되지 않아 얼른 해치우고 산 아래로 내려갈 속셈으로 오히려 초나라 기마대를 포위해 버렸다.

그러자 패왕이 껄껄 웃으며 크게 소리쳤다.

"으하하, 과인을 포위하다니, 누군지 그놈 간 한번 크도다."

한번이라도 한왕을 지근거리에서 호위해 본 이들은 그 목소리의 주인공을 알고 있었다.

또한 목소리 주인공의 섬뜩한 눈빛과 대적할 수 없는 무예도 쉽사리 잊혀지지 않는 것이었다.

그곳에 있던 번쾌와 그 측근들이야말로 패왕을 지척에서 상대하고도 살아 돌아온 몇 안 되는 운 좋은 자들이었기에 그 목소리를 듣자마자 저절로 몸이 으스스 떨려 오기 시작했다.

혹시나 하는 희망도 잠시 아니나 다를까 패왕이 오추마를 몰아 곧장 그들 앞으로 돌진해 왔다. 패왕의 모습이 보이나 싶더니 어느새 근처에 있던 말과 사람이 함께 베어져 버렸고, 기세를 멈출 생각이 없는 듯 패왕은 곧장 근처의 한나라 기병들을 도륙하기 시작했다.

그렇잖아도 몇 십 기로 출발한 병력이 잠깐 사이에 절반 이하로 줄어 버리자 번쾌가 다급히 패왕을 향해 소리쳤다.

"대왕, 그만해 주시오. 번쾌가 여기 있소!"

지옥에서 온 야차마냥 닥치는 대로 눈앞의 적을 베어 가던 패왕은 번쾌의 외침을 듣자마자 언제 그랬냐는 듯 껄껄 웃으며 소리 난 쪽으로 말을 몰았다.

"이게 누구신가? 어쩌 번 공이 몸소 여기까지 나선 것이오?"

무시하거나 윽박지를 것이라는 번쾌의 예상과 달리 자신에게 은근한 어조로 말을 건네 오자 번쾌는 그만 맥이 탁 풀려 버렸다.

그래서인지 대답하는 번쾌의 목소리에는 깊은 체념이 배어 있었다.

武神

"대왕께서 몸소 출전하셨다기에 천한 목숨이나마 살려보려 하던 참이오."

"어허…… 이거 참. 마음 같아서는 모른 척 비켜 드리고 싶으나 보는 눈이 많아 그럴 수가 없구려. 부득이한 상황이니 그만 항복해 주시는 게 어떻겠소?"

불문곡직하고 달려와 단칼에 베어도 될 상황이고 수하들을 시켜 포박시킬 수도 있는 상황인데 굳이 항복을 하라고 권하는 패왕의 태도에 번쾌는 자신이 아는 자가 맞는지 혼란스러웠다.

전투에 패해 사로잡힌 적장과 항복한 항장은 당연히 받는 대우가 달랐다.

자신을 위해 패왕이 거기까지 신경 써 주자 번쾌는 두말없이 받아들였다.

"적장 번쾌 패왕께 항복하오. 부디 수하들을 살려 주시오."

패왕은 그런 번쾌를 향해 차분히 고개를 끄덕여 주었다.

하지만 어느새 곁에 온 족장 항성은 그들의 대화를 아랑곳하지 않는다는 듯 크게 소리쳤다.

"대왕께서 직접 적장 번쾌를 사로잡으셨다. 번쾌가

항복했으니 항복하는 한군은 해치지 말라!"

항성의 외침에 기세가 오른 초나라 병사들이 힘껏
함성을 지르며 그의 말을 복창했다.

"와~~~"

"와~~"

"번쾌가 사로잡혔다. 항복하는 자는 살려 주어라!"

"항복하면 살 수 있다!"

아직 전투다운 전투도 시작되지 않은 상황이었지만
광무산이 떠나갈 듯한 초나라 병사들의 외침에 한나
라 군들도 그만 맥이 풀려 버렸다.

너나 할 거 없이 창, 칼을 버리고 그 자리에 털썩
주저앉아 버렸다.

초나라 병사들은 정말로 그런 그들을 해치지 않고
한곳으로 몰아 가둬 두었을 뿐이었다.

얼마 지나지 않아 해가 떠오르자 초나라 병사들은
마치 해가 자신들의 승리를 축하해 주기 위해 뜬 것
처럼 더욱 크게 함성을 내질렀다.

패왕은 사로잡은 번쾌를 멀리 보내 가둬 두는 것이
아니라 포승도 하지 않은 자유로운 몸으로 말까지 내

주며 자신의 옆에 있게 했다.

번쾌가 항복하여 패왕에게 충성을 맹세한 것도 아니었으니 그대로 말을 몰아 도망치거나 기회를 노려 뒤에서 패왕을 찌를 수도 있건만 패왕은 아무런 거리낌도 없는 듯했다.

초나라의 다른 장수들은 불안해하며 한시도 번쾌에게서 눈을 떼지 못하고 패왕 곁을 지키고 있는 것을 아는지 모르는지 패왕은 여유롭기만 했다.

그것을 누구보다 가까이에서 느끼고 있는 자는 다름 아닌 번쾌였다.

태어날 때부터 용력에서 누구한테 뒤쳐져 본 적이 없던 번쾌였다.

한왕이 고향에서 진나라에 대항하려 몸을 일으킬 때 대체 누구를 믿고 그 무서운 진나라 군대에 맞설 결심을 했는지 아는 사람은 안다.

짧다면 짧고 길다면 긴 5년여의 시간 동안 전장에서 목숨 걸고 익힌 검술과 창술도 단연 천하에서 돋보이는 솜씨를 지닌 번쾌였다.

그런 그에게 패왕은 아무런 위협을 느끼지 못하는 듯했다.

또한 번쾌 역시 감히 다른 시도를 못하고 있었다.

'틈이 없다. 도무지 틈을 찾을 수 없다.'는 말만 속으로 되뇌는 번쾌의 심정이 오죽할까?

한편 번쾌가 진을 치고 있던 광무산을 순식간에 우려 뺀 패왕은 안도의 한숨을 내쉬고 있었다.

'다르다, 분명히 전생과는 다르게 흘러가고 있다. 전생에서 광무산은 함곡관보다 깨기 힘든 곳이었지만 이번에는 달랐다. 더군다나 번쾌까지 굴러 들어오지 않았나?' 하며 막연했던 자신감을 구체화 시키는 패왕이었다.

사실 패왕은 다시 한 번 기회가 주어졌다고는 하나 불안감이 없지 않았다.

전생에서도 패왕이 불리한 상황에서 한왕과 싸우다 진 것이 아니지 않은가?

오히려 초반 압도적인 전력 차이를 극복하고 결국 패왕이라는 거인을 무너뜨린 것은 한왕이었다.

패왕이 아틀란티스에서부터 자신의 패인을 반추할 때마다 가졌던 막연한 불안감은 바로 한왕의 앞길을 하늘에서 돕고 있는 것은 아닐까 하는 의문이었다.

하지만 천제께서는 한왕이 아닌 자신에게 다시 한 번 기회를 주었고 그것은 적어도 중립 혹은 패왕의 편에 선 것으로 생각할 수 있는 것이었다.

그럼에도 불구하고 패왕의 머릿속에서 사라지지 않던 막연한 불안감이 이곳 광무산 전투의 승리로 점점 옅어지고 있었다.

번쾌를 굳이 곁에 두는 것도 그런 이유였다.

사로잡힌 번쾌를 곁에 두고 보면서 자신의 막연한 불안감이 사라지길 바랐다.

부하 장졸들이 번쾌의 돌발 행동을 우려했지만 이미 화경을 훌쩍 넘긴 패왕에게 위협이 될 리 없었다.

아무튼 광무산을 들어 엎은 패왕이 정한 다음 목적지는 형양성이 아닌 성고성이었다.

손발부터 쳐 내고 몸통으로 나아가기 위해 광무산을 친 것이었으니 어찌 보면 당연한 수순이었다.

당시 성고를 지키고 있던 자는 한왕의 종형인 유엽이라는 인물이었는데 딱히 대단하다 할 것이 없는 자였다.

패왕이 거리낌 없이 성고로 방향을 잡은 것도 세작들을 통해 유엽이 성고를 지키고 있다는 것을 알아냈기 때문이었다.

하지만 아직 패왕이 모르고 있을 뿐, 사실 얼마 전부터 그 유명한 진평이 유엽을 도와 성고성을 보수하고 있었다.

패왕이 병력을 쪼개 천하로 퍼트리고 광무산을 향할 때 장량은 한왕과 함께 완성에 있었지만, 진평은 아직 형양성에 있었다.

이미 풀어놓은 여러 세작들을 통해 패왕의 행보를 전해 들은 진평은 아마도 패왕의 다음 목적지가 성고성일 것이라 짐작했다.

진평이 가만히 헤아려 보니 성고가 떨어지면 아무래도 형양을 지키기 어려울 듯싶었다.

그런 생각이 들자 진평은 더 망설일 것 없이 서둘러 성고로 향했고, 하루 내내 성을 정비하며 패왕을 맞을 채비를 했다.

정작 아무것도 모르는 패왕이 성고에 이른 것은 진평이 패왕을 맞을 준비가 끝나고도 하루가 더 지난날이었다.

광무산 전투를 쉽게 가져온 패왕이 병졸들의 피로를 염려하여 행군을 서두르지 않았기 때문이다.

그뿐 아니라 패왕은 행군 간에 아낌없이 군량을 풀어 장졸들이 잔칫날처럼 먹고 마시게 했는데, 그 모양새가 마치 한나라 군대의 기습 따위는 안중에도 없다는 듯 보일 정도였다.

그렇게 한껏 여유를 부린 패왕은 성고에 이른 후에도 곧장 성을 포위하기는커녕 한참 떨어진 곳에 진을 세우게 했다.

바로 전에 있던 전투에서 크게 이기고, 배불리 먹인 탓인지 병졸들이 오히려 어서 성고성으로 진격하자며 아우성이었지만 패왕은 '공성은 명일에 시작할 것이다.'며 그들을 말렸다.

그런 초군을 지켜보는 진평은 머릿속이 복잡하기만 했다.

그가 아는 패왕은 완급 조절 따위는 인생에 없는 자였다.

천하가 다 아는 패왕의 전투 패턴도 한결같았는데, 한곳에 집중시킨 병력을 패왕 자신이 이끌고 가장 앞에서 돌격하며 적의 중군을 쪼개 버리는 것이었다.

상대로서는 빤히 아는 수법에 매번 당할 수 없는 노릇이라 나름대로 여러 방비를 해 보지만 압도적인

패왕의 무력 앞에 매번 무너져 버리는 것이 현실이었
다.

그런데 이번에는 어찌된 영문인지 그런 패왕이 행
군을 서두르지도 않았고 도착하기 무섭게 성을 두들
기지도 않고 있으니 진평으로서는 패왕의 속을 알다
가도 모를 일이었다.

다만 다시 세작들을 풀어 초군의 군중에 어떤 사연
이 있는지를 알아보는 것이 고작이었다.

하지만 아무리 대단한 세작이라 할지라도 패왕이
다시 태어났다는 것을 알 수는 없는 노릇이었으니 그
시점에서 이미 진평의 운이 다했다고 볼 수도 있을
것이다.

아침부터 햇살은 한껏 내리쬐고 있었고 하늘은 청
명하여 구름 한 점 보이지 않았다.

패왕은 공성을 하기 좋은 날씨라 반기며 병졸들을
배불리 먹인 다음 쉬게 했다.

오랜 시간 패왕 곁에 머물던 탓에 예감이라도 든
것일까?

장졸들은 곧이어 공성전이 시작될 것이라 짐작하며

체력을 비축하기 위해 저마다 편한 곳에서 쉬며 한낮의 사투를 대비했다.

시간이 얼마나 지났을까?

햇살에 한가로이 눈을 감고 있던 패왕이 여전히 눈을 감은 채 조용한 목소리로 번쾌를 찾았다.

"번 공."

바로 옆에 있던 번쾌가 조심스레 답했다.

"예, 대왕."

"성고를 지키고 있는 인원이 얼마나 되는지 혹시 아시오?"

번쾌의 마음에는 설마 공성을 하러 온 패왕이 적의 규모도 파악하지 않았을까 싶은 의아함이 들었지만 공손한 어조로 답했다.

"군민 모두를 합친다면 족히 5만은 넘을 듯합니다."

"그렇다면 혹시 짐이 이끈 군세는 얼마나 되는지 아시오?"

"적어도 4만은 넘어 보입니다."

"바로 보셨소. 그런데 번 공. 4만의 군세로 5만이 지키고 있는 성을 공격한다는 것이 병법에서 가당키나 한 것이오?"

패왕의 물음에 번쾌는 그만 말문이 막혀 버렸다.

그렇다.

일반적으로 성안에서 지키는 자들을 상대하기 위해
서는 적어도 두 배 이상의 병력이 필요했다.

그 정도의 병력차가 나지 않으면 공성군은 농성군
을 이기기 힘들었다.

지금처럼 공성에 나서는 군대의 수가 오히려 적다
면 상대는 농성을 하는 것이 아니라 성 밖으로 나와
진을 치고 맞서는 것이 상식이었다.

병력의 우위를 믿고 한바탕 전투를 치러 보고 안
된다 싶을 때 성안으로 피해 들어와 농성을 해도 늦
지 않기 때문이다.

하지만 성고성을 지키고 있는 자들은 생각이 다른
듯했다.

초군에 비친 그들의 움직임은 성문을 닫아걸고 굳
게 지킬 뿐 성 밖으로 나와 진을 칠 조짐은 전혀 없었
다.

적은 군사로 성을 포위하는 초군이나 많은 군사로
도 성벽 위에서 농성을 준비하는 한군이나 병가의 상

식과는 맞지 않는 것이었다.

지금 패왕은 번쾌에게 그것을 말하고 있었다.

번쾌는 할 말이 딱히 떠오르지는 않았으나 질문을 받았으니 응당 답은 해야 할 터였다.

번쾌는 조금 떨리는 목소리로 패왕의 물음에 답했다.

"병가의 책략으로서는 하책이 아닐까 싶습니다."

여전히 감은 눈을 뜨지 않은 채 패왕이 살짝 미소 지었다.

"하책이라. 그러면 성고에서는 짐이 패하겠구려."

패왕의 말에 곁에 있던 초나라 장수들의 낯빛이 확 바뀌며 자신을 쏘아보자 번쾌가 황급히 말을 이었다.

"신은 일반적인 병가에 대해서만 알 뿐 대왕의 군대에 대해서는 감히 헤아리지 못하겠사옵니다."

패왕은 개의치 않는다는 듯 고개를 살짝 가로저으며 말을 이었다.

"짐의 군대도 크게 다르지 않으니 양군에 많은 희생이 있을 것이오. 그래도 성고를 무너뜨리기는 할 테지만……."

패왕은 그렇게 말끝을 흐리더니 한참이 지나서야

다시 말을 이었다.

"그래서 번 공께 부탁을 하나 드리려 하오."

영문을 모르는 번쾌가 할 수 있는 말이라고는 고작해야 들어 보겠다는 것뿐이었다.

패왕이 더는 뜸을 들이지 않고 말을 이었다.

"번 공께서 성고를 지키고 있는 자를 설득해 주시구려. 부디 죄 없는 병졸들이 하늘의 호생지덕을 온전히 누릴 수 있게 맞서지 말고 항복하도록 말이오."

순간 번쾌는 정신이 아득했다.

비록 구차한 목숨을 살리려고 항복했다고는 하나 자신은 한왕의 심복 중에서도 으뜸으로 손꼽히는 심복이었다.

그런 자신이 되레 한왕의 다른 군대에게 항복을 설득해야 하는 상황이라니 곤란한 것도 이렇게 곤란할 수가 없었다.

뭐라 할지를 몰라 번쾌가 망설이는 사이 패왕이 눈을 떴다.

그리고는 번쾌의 대답을 기다리지도 않고 좌우를 둘러보며 명했다.

"어서 사신을 보낼 채비를 하라. 번 장군이 직접

성고로 들어가 저들에게 항복을 권할 것이다."

곁에서 듣고 있던 항백이 펄쩍뛰며 패왕을 말렸다.

"대왕께서는 어찌하여 잡은 물고기를 다시 바다로 보내려 하십니까?"

"숙부께서는 무슨 말씀을 하시는 게요?"

"번쾌가 성고로 들어가면 우리 초나라를 위해 한군에게 항복을 설득하기는커녕 한군들과 합심하여 대왕께 대적할 것이니 이는 오히려 한군에게 강한 장수만 더하여 주는 것일 뿐이옵니다. 부디 재고하여 주시옵소서."

사실 항백의 말이 백 번 옳았다.

어쩔수 없는 처지가 되어 초군에 사로잡힌 신세이기는 하나 번쾌가 누구인가?

무력 하나만 놓고 본다면 천하에 따를 자가 몇 안 되는 장군이며 오랜 시간 한나라를 위해 몸 바쳐 충성한 인물이었다.

그런 그에게 사신의 지위를 주어 성고성 안으로 들어가게 한다면 십중팔구 돌아오지 않을 것이었다.

하지만 그런 항백의 우려에도 패왕은 뜻을 굽히지 않았다.

다만 번쾌를 쏘아보며 '혹시라도 그런 일이 생기면 성고성을 깨뜨린 다음 죄를 물으면 될 일이오.'라고 말할 뿐 오히려 채비를 서두르게 했다.

어느덧 사신의 복색으로 준비를 마친 번쾌가 패왕에게 출발해도 될지를 물어 오자 패왕이 번쾌를 바라보며 말했다.

"부디 저들을 잘 설득하여 죄 없는 백성들이 피 흘리지 않도록 해 주시구려."

누구보다 잔혹한 손속과 성품을 자랑하던 패왕과는 전혀 어울리지 않는 말이었지만 이상하게도 그 순간만큼은 자리에 있던 여러 사람에게 울림을 주었다.

번쾌가 성고성으로 떠나자마자 휘하의 여러 장수들이 패왕에게 그 의중을 물었다.

"대왕 번쾌는 자기마치 40여 년이 넘는 시간을 한왕의 수족으로 살던 자입니다. 대왕께서 아무리 큰 은혜를 내리신다 한들 오랜 시간 다져 온 그들의 신의를 없애 버리기 어려울 것입니다."

패왕은 가만히 고개를 끄덕일 뿐 더 이상 입을 열지 않았다.

서두르지 않고 수레에 오른 번쾌가 그를 호위하는

네 기의 기마와 함께 성고성의 성문 앞에 이르자 성고성에서도 패왕이 사신을 보낸 줄 알고 성문을 열어 안으로 들어가도록 했다.

한나라 병사들의 안내를 받아 성주가 기다리는 곳에 도착한 번쾌는 망설이지 않고 안으로 들어갔다.

번쾌가 안으로 들어가자마자 서로 양측은 서로 깜짝 놀랐는데 번쾌는 그곳에 있던 진평을 보고 놀랐고, 진평은 초나라 사신으로 온 자가 다름 아닌 번쾌라는 것에 놀랐던 것이다.

먼저 정신을 차린 쪽은 진평이었다

"번 장군, 이게 대체 어찌된 노릇입니까?"

"진 호군께서 와 계셨구려. 이거 참 면목 없는 일입니다."

그 말을 시작으로 번쾌는 자신이 잡히게 된 과정부터 시작해서, 광무산이 이미 초군의 손에 떨어진 상황까지 가감 없이 진평과 유엽에게 알렸다.

유엽은 사사로이는 한왕의 종형이기에 일찍부터 번쾌를 잘 알고 있는 사이였다.

그래서인지 망설이지 않고 번쾌와 진평에게 말했다.

"지금까지야 그랬다 치더라도 이제 번 장군이 다시 한군의 진영으로 왔으니 그걸로 된 것 아니겠소? 저 우둔한 항우 놈이 우리 한군의 사기를 떨어뜨릴 요량으로 번 장군을 사신으로 보냈으나, 이는 오히려 우리에게 장수를 하나 보태 주는 것이 아니오?"

그말을 들은 진평이 한참 생각에 잠겼다 번쾌에게 물었다.

"번 장군께서는 혹시 패왕을 섬기기로 작정하신 것입니까?"

번쾌가 펄쩍 뛰며 손사래를 쳤다.

"그 무슨 가당치도 않은 말씀이오. 처지가 할 수 없어 이 꼴이 되었을 뿐 어찌 내가 두 마음을 품을 수 있겠소."

그제야 안심한 듯 진평이 말을 이었다.

"그렇다면 이제 우리는 두 개의 패가 생겼습니다. 번 장군께서 선택해 주셔야겠습니다."

망설임 없이 번쾌가 답했다.

"어떤 패가 있는지 알려 주시오."

"하나는 번 장군께서 다시 패왕에게 돌아가는 것입니다. 패왕에게 우리 성고가 항복하기로 했다 전하시고 내일 아침 일찍 성문을 열어 패왕을 맞을 것이라 하십시오. 우리는 밤이 지나기 전에 성문 근처에 여러 함정을 준비하여 패왕을 사로잡을 수 있도록 채비하겠습니다."

번쾌가 못 미더운지 진평에게 되물었다.

"천하의 패왕을 고작 함정 몇 개로 사로잡을 수 있겠소?"

"보통의 경우라면 불가능한 일이지요. 다만 이번에는 가능할 것입니다."

"어떻게 그렇소?"

"장군께서는 패왕 근처에서 함께 성문을 지나며 성벽을 보고 계십시오. 제가 성벽에서 붉은 깃발을 흔들면 그곳이 함정의 시작인 줄 아시고 급히 패왕을 뒤에서 후려치시면 됩니다. 또한, 유엽 성주께서는 제 깃발이 흔들리는 즉시 숨겨 놓았던 무리를 이끌고 성문을 닫아 걸어 주셔야 합니다. 그렇게만 된다면 패왕을 함정 안으로 빠뜨리는 일은 손바닥을 뒤집는 것보다 쉬울 것입니다."

하지만 진평의 말이 떨어지기 무섭게 번쾌의 고개가 가로저어졌다.

"진 호군 아니 될 말씀이오."

진평이 고개를 갸웃거리며 번쾌에게 되물었다.

"번 장군께서는 어찌 그러시오?"

"사실 나는 항복한 이래로 지금까지 며칠을 패왕의 근처에서 동행해 왔소. 포박도 없었거니와 병장기까지 뺏지 않았기에 마음만 먹는다면 언제든 패왕의 뒤를 후려칠 수 있었소."

진평과 유엽이 도무지 이해가 되지 않는다는 듯 입을 모아 되물었다.

"그런데 어찌 가만히 계시다 이렇게 사신 행세까지 하고 계신 것이오?"

"틈이 없었소. 도무지 공격할 틈이 없단 말이오. 아마도 내가 공격을 시도했다면 이 자리에 서 있지도 못했을 것이오."

번쾌의 말에 진평이 크게 신음소리를 냈다.

물론 패왕의 무공은 천하가 다 아는 사실이라 새삼스럽지도 않는 일이었다.

그러나 패왕의 명성에 크게 떨어지지 않는 번쾌의 용력이라면 등 뒤에서의 기습 정도는 어렵지 않게 성공시키리라 헤아린 것이었다.

그런데 번쾌가 그것조차 자신 없어 하는 모습을 보이자 진평이 신음소리를 낸 것이었다.

"번 장군 그 정도로 두 분의 무예에 차이가 있다는 것이오? 번 장군의 명성 또한 패왕과 나란하지 않소이까?"

진평이 혹시나 싶어 되묻자 번쾌가 또다시 답했다.

"내 몸이 열로 늘어난다 하더라도 자신이 없소. 이전의 전투에서 마주쳤을 때에도 물론 패왕이 한수 위라는 것은 인정했지만, 대적하지 못할 상대라는 생각은 없었소. 그런데 어찌된 영문인지 다시 만난 패왕은 실로 그 무위를 짐작조차 하기 어려웠다오. 오죽했으면 두 손 두말이 자유로운 채로 여기까지 끌려왔겠소?"

거기까지 듣자 진평은 미련 없이 첫 번째 계획을 포기했다.

"패왕의 무예가 그 정도로 탁월하다면 다른 방법을 택해야 하겠습니다."

"그게 무엇이오?"

다급한 번쾌의 물음에 진평이 망설이지 않고 답했다.

"처음에 유엽 성주께서 말씀하신대로 패왕에게 돌아가지 마시고 이곳에서 힘을 합쳐 패왕의 공성을 막는 것이지요."

번쾌와 유엽이 고개를 끄덕이자 진평이 말을 이었다.

"그러면 함께 온 자들 중 하나를 목 베어 패왕에게 보내 번 장군의 뜻을 전하도록 하십시오."

그 말에 번쾌가 가만히 고개를 내저었다.

"그럴 필요도 없을 것이오. 패왕이 내게 딸려 준 네 기는 모두 원래 내 수하들이었소. 어쩌면 패왕은 나를 놓아 준 것일지도 모르겠구려."

상황이 정리되자 진평이 번쾌에게 말했다.

"어쨌든 답장은 보내야 하는 것이니 번 장군께서는 패왕이 보낸 항복 조서를 보여 주시구려."

그 말에 본래의 목적을 잊고 있던 번쾌가 품에서 비단으로 감싼 조서를 꺼냈다.

잠시 후 유엽과 진평은 물론 번쾌까지 어안이 벙벙해지고 말았는데 이유는 바로 조서의 내용 때문이었다.

여러 정당성을 근거로 들며 항복을 권유했을 것이

라 예상됐던 조서에는 딸랑 두 줄이 적혀 있을 뿐이었다.

번 공은 오랫동안 한왕의 곁을 지킨 충신이라 차마 해하기 어렵구려.
부디 그대의 주군을 위해 더 힘쓰시기 바라오.

진평과 번쾌가 동시에 넋두리 하듯 내뱉었다.
"이…… 이게 대체 무슨."
전생의 패왕에게 가장 큰 한은 해하 전투 당시 곁에 용저가 없었다는 것이었다.

비록 한의 대장군 한신에게 한 싸움에 패해 목이 잘리긴 했지만, 용저는 종리매와 더불어 패왕이 구사했던 전술의 핵심이었던 인물이었다.

무슨 뜻인가 하면 패왕의 전형적인 전술은 자신이 꼭지점이 되고 날랜 기마대가 뒤를 받치게 한 다음 정면에서 적을 공격해 적진을 반으로 쪼개 버리는 것이었다.

그런데 그 전술의 완성은 반으로 쪼개는데 그치지 않고 좌우에서 다시 날랜 기마대가 적의 양 옆구리로 튀어나가 적을 네 토막 내는 것이었다.

주요 전투 때마다 어김없이 왼쪽은 용저가 오른쪽은 종리매가 그 역할 수행했는데 해하 전투 때에는 이미 용저가 죽고 없어 계포가 그 역할을 대신했었다.

그런데 결과론적으로 계포는 용저의 역할을 수행해 내지 못하고 오히려 적에게 발목을 잡혀 대부분의 군사를 잃고 도망치고 말았던 것이다.

여느 때처럼 적을 네 토막 내어 짓이긴 다음 합세할 두 부장을 기다리던 패왕은 결국 두 부장 모두 돌아오지 못하자 후퇴하고 말았는데 전투는 그것으로 끝난 것이나 다름없었다.

그때의 아쉬움을 내내 잊지 못했던 패왕이었기에 한왕의 수족부터 잘라 버리려고 시작한 광무산 전투에서 막상 번쾌를 사로잡자 머뭇거리게 된 것이었다.

자신이 불문곡직하고 번쾌를 참해 버린다면 이후에 소식을 전해 듣고 전생의 자신처럼 망연자실할 한왕을 생각하니 차마 그렇게 하지 못했다.

물론 패왕은 전생의 자신이 저지른 실수를 되풀이하지 않기 위해 한왕의 수족을 모두 잘라 버리고 한왕과 결전을 벌이려는 마음이 컸다.

하지만 기왕이면 양측 모두 가진 패를 다 들고 한 바탕 전투를 치르고 싶은 마음도 있었던 것이다.

그런 마음에 패왕은 오히려 번쾌에게 다시 한 번 기회를 주어 한왕 곁으로 갈 수 있게 한 것이었다.

번쾌가 성고에 남아 유엽과 함께 저항한다면 어쩔 수 없이 처단할 것이다.

그러나 번쾌가 자신의 의중을 알아차리고 한왕의 품으로 돌아가기 위해 재빨리 포위를 뚫고 달아난다면 굳이 쫓을 마음이 없었다.

하지만 번쾌가 진평을 믿고 성고에 머무르기로 한 순간 패왕의 바람은 그만의 것으로 그치고 말았다.

전생에서보다 지금의 패왕이 관대해진 것은 사실이나 그것은 한 번의 기회를 허락한다는 것일 뿐, 두 번의 기회를 준다는 것은 아니기 때문이었다.

해가 중천에 뜨고도 한참이 더 지나자 패왕 수하의 장수들이 분개하며 소리쳤다.

"대왕, 번쾌 그 낯짝 두꺼운 놈이 대왕의 은혜를 저버리고 결국 돌아오지 않을 듯합니다."

패왕은 그런 그들의 반응에 애써 의사표현을 하지

않았다.

긍정도 부정도 없는 덤덤한 표정으로 주위를 둘러보더니 조용하게 하명했다.

"전군 출전 준비."

패왕의 명에 장수들이 허리를 굽히며 인사한 후 곧장 자신이 이끄는 부대로 향했다.

얼마 지나지 않아 출전 준비가 끝냈음을 알리는 전령이 속속 도착하자 패왕은 머뭇거림 없이 오추마에 올랐다.

패왕이 오추마를 타고 서서히 속도를 높이며 선두로 향하자 기다렸다는 듯 큰북 소리가 사방에서 울렸다.

그것은 진격을 의미하는 소리였다.

둥둥둥!

패왕친위대의 보기(步騎) 8천이 패왕의 뒤를 따라 성고로 향했다.

언제나 그랬듯 선두에 패왕이 직접 나서자 전군의 사기가 하늘을 찔렀고, 하급부대의 각 지휘관들은 이를 놓이지 않고 곧장 성고성을 향해 돌격시켰다.

저만치 성고성이 보이자 패왕친위대는 이동하는 가

운데서도 대열을 넓게 늘어뜨렸다.

성고성 지척에 도착하자마자 진이 완성되도록 미리 준비를 하려는 것으로 그들이 얼마나 오랜 시간 잘 준비된 정병인지를 보여 주는 것이었다.

하지만 패왕은 손을 들어 그들이 대열을 다시 좁히게 했다.

무슨 의도인지 알 수는 없지만 자신들의 주인이 명하니 그대로 따를 뿐인 패왕친위대는 잠시 후 다시 한 번 끝 간 데 모를 패왕의 무위를 직접 목격하게 된다.

성문이 지척에 보여도 오추마의 속도를 줄이지 않던 패왕이 오른손을 말 엉덩이 쪽으로 향해 잘 묶어 둔 자신의 대검을 꼬나들었다.

그리고 잠시 후 패왕은 우레와 같은 기합 소리와 함께 자신의 대검을 수평으로 크게 휘둘렀다.

"대동신공 멸!"

그 소리와 동시에 패왕의 검에서 황금색 검강이 튀어나와 성고성을 굳건히 막고 있던 성문을 향했다.

쾅쾅쾅쾅쾅!

패왕의 검강은 ㄱ 크고 두꺼운 성고성의 성문을 산

산조각 내는 것으로도 모자라 성문 정면에 있던 모든 것들을 부수며 나아갔다.

공격해 가는 초군이나 방어를 위해 준비하던 한군이나 쩍 벌어진 입을 다물지 못하는 사이 패왕과 그 친위대는 어느새 성고성 안으로 난입해 버렸다.

성벽에서 수성전에 쓸 화살을 잔뜩 준비하고 있던 한군은 너무나도 순식간에 일어난 일에 활을 쏘는 것도 잃어버린 채 멍하게 초군의 난입을 지켜볼 뿐이었다.

패왕은 더욱 급히 오추마를 몰아 성안을 헤집고 다녔고, 자신의 진로에 방해가 되는 모든 사람과 사물을 흔적도 없이 박살내 버렸다.

패왕친위대는 그런 패왕의 뒤를 든든히 받히며 사방에서 패왕의 행보를 보좌했다.

뒤이어 초나라의 중군까지 성고성 안으로 들어서자 대부분의 한나라 군사들은 대항을 포기한 채 병장기를 던지며 땅에 엎드려 항복의 의사 표시를 전달했다.

패왕은 그들을 해치지 못하게 하며 사람을 풀어 유엽과 번쾌가 있는 곳을 알아 오도록 했다.

얼마 지나지 않아 병사들이 유엽과 번쾌가 한 곳에

있음을 알려 왔고 패왕은 망설임 없이 그곳으로 빛처럼 오추마를 몰았다.

과연 얼마 지나지 않아 패왕의 눈에 초군 여럿을 베며 무위를 과시하고 있는 번쾌와 그를 도와 활로를 열어 보려 애쓰는 한 무리의 인파가 들어왔다.

번쾌와 맞서던 초나라 장졸들은 패왕의 등장에 환호하며 서둘러 길을 열었다.

자신의 군사들이 만들어 준 길을 따라 어렵지 않게 번쾌가 이끄는 무리가 보이는 곳까지 도달한 패왕은 속도를 줄이지 않고 번쾌를 향해 소리쳤다.

"번쾌! 부디 과인을 원망치 말라!"

지척에서 다가오는 패왕의 외침에 번쾌가 각오한 듯 화답했다.

"이미 한번 죽은 목숨 두려움 따위는 없다!"

외침과 함께 번쾌는 패왕과 일검을 겨뤄 보려는 듯 오히려 타고 있던 말을 몰아 패왕의 정면을 향했다.

'오너라, 패왕. 비록 그대의 무위가 높다 하나 똑같은 사람이 아니더냐? 내 기필코 그대를 막아 우리 대왕의 수족과 같은 진평 님과 유엽 님을 지키리라!'

스스로 군은 다짐을 하며 번쾌는 천하가 알아주는

그 유명한 사모창을 휘두르며 거리를 좁혔다.

그리고 마침내 두 말이 마주치는 순간 번쾌의 창이 조금 더 빨리 패왕을 향해 수직으로 내려쳐졌다.

하지만 패왕은 조금 늦어도 상관없다는 듯 느긋한 표정으로 대검을 수평으로 휘두를 뿐이었다.

어느새 패왕과 번쾌를 태운 말이 교차한 뒤 한참을 지나쳤고 패왕의 입에서는 다시 한 번 큰 외침이 터져 나왔다.

"먼저 가서 한왕이 편히 쉴 터를 닦아 놓거라."

그곳에 있던 초군이나 한군 모두 패왕의 검이 번쾌에게 닿는 것도 보지 못했고, 심지어 처음의 일격으로 번쾌의 창과 패왕의 검이 부딪히는 소리도 듣지 못했기에 패왕의 말이 무슨 뜻인지 알아듣지 못했다.

하지만 잠시 후 번쾌를 태우고 달려가던 말이 큰 울음소리를 내며 발을 멈추자 번쾌의 상반신이 땅으로 '털썩' 떨어져 버렸다.

"와~~~"

"대왕께서 번쾌를 일격에 격퇴하셨다!"

초군이 사기 백배하여 번쾌의 뒤에 있던 무리를 향했고 얼마 지나지 않아 저항하던 한군은 모조리 죽임을 당했다.

번쾌를 처단한 뒤 곧장 말을 몰아 돌진한 패왕은 아직까지 놀란 표정을 하고 있던 유엽까지 베어 버린 후에야 오추마의 걸음을 멈추게 했다.

"성고의 백성들을 핍박하지 말라. 짐에게 대항한 죄는 무거우나 그것은 한군의 강요에 못 이겨 할 수 없이 저지른 잘못이니라. 끝까지 저항하는 자가 있다면 철저히 벌하되 항복하는 자들은 해치지 말라!"

패왕의 외침에 전투가 승리로 끝났음을 알게 된 초나라 병사들이 크게 함성을 지르며 환호했다.

해가 져 날이 어둑어둑해졌지만 그날의 승리를 축하하기 위한 잔치는 아직 한창이었다.

패왕 역시 목숨 걸고 자신을 도와 전투를 승리로 이끈 여러 장졸들을 치하하며 즐겁게 먹고 마시고 있었다.

그런데, 때 아닌 기마대의 움직임이 느껴졌다.

많은 수는 아니었고 대략 10기 쯤 되는 듯했고 패왕이 있는 곳을 향해 곧장 다가오는 듯했다.

다가오는 속도나 기운으로 보아 적군은 아닌 듯하

여 패왕은 궁금한 마음을 누르며 그들이 당도하기를 기다렸다.

얼마 지나지 않아 앳된 얼굴로 가득한 기마대가 패왕의 앞에 도착하더니 황급히 말에서 내려 패왕에게 다가왔다.

패왕은 워낙 좋은 날인지라 감히 자신의 지척까지 말을 타고 와 먼지를 풍기는 저들을 탓하기는커녕 손짓하여 불렀다.

패왕의 부름을 받은 기마대가 황급히 달려와 그 앞에 부복하자 패왕이 호탕하게 웃으며 입을 열었다.

"전투가 끝난 지가 언젠데 어인 연유로 이제야 말머리를 돌렸는고?"

가까이서 보니 앳된 게 아니라 아예 어리다는 표현이 더 어울릴 정도로 젊은 기마대였기에 패왕의 말투는 한결 부드러웠다.

패왕의 말에 그들 중 그나마 덜 앳된 자가 나서 답했다.

"전투 중에 황급히 성을 빠져나가는 자를 발견했사온데 일반 백성의 복색을 한 채로 능숙하게 말을 몰아 도망치는 것이 수상하여 쫓아가 잡아 오느라 늦었

武神

습니다."

패왕이 껄껄 웃으며 말을 이었다.

"난리통에 일반 백성이라고 제 한 목숨 살릴 욕심
이 없겠느냐. 급하다 보면 남의 말이라도 훔쳐 타고
도망칠 수 있지 않겠느냐?"

"지당하신 말씀이오나, 신이 느끼기에는 말을 타고
도망치다 민가가 나타나면 얼른 말을 버리고 민가에
숨어들 요량으로 그런 복색을 미리 갖춘 것이라 여겨
져 굳이 쫓아가 잡아 왔습니다."

자신감 넘치는 호기로운 모습이 싫지 않아 패왕이
다시 말을 이었다.

"그래, 잡고 보니 과연 쫓아갈 만한 인물이더냐?"

패왕의 물음에 그제 것 당당하던 청년 기마대장이
얼굴을 붉히며 말했다.

"소신이 어리고 어리석어 그가 누구인지는 밝혀내
지 못했사옵니다."

그 모습에 패왕은 물론 좌중이 함께 폭소하였다.

한참을 껄껄거리며 웃는 패왕에게 항백이 청했다.

"대왕, 그래도 고생한 게 있으니 누구를 잡아 왔는
지 보이도록 히시는 것이 이띠신지요? 이곳에 모인

장수들이 혹시 알 수도 있는 노릇이 아니옵니까?"

패왕이 여전히 웃으며 허락하자 항백이 서둘러 청년 기마대장에게 어서 데려오라는 손짓을 보냈다.

잠시 후에 패왕과 여러 장수들이 즐기고 있던 자리로 돌아온 청년 기마대장이 사로잡아 온 인물을 보였다.

항백이 서둘러 입을 열었다.

"밤이 깊어 잘 보이지 않는다. 어서 불빛이 밝은 쪽으로 데려오도록 하라."

항백의 말에 청년 기마대장이 황급히 포로를 끌고 몇 걸음 더 앞으로 나아가자 화기애애했던 분위기가 급속도로 가라앉았다.

청년 기마대장은 자신도 모른 사이 큰 잘못이라도 저지른 줄 알고 당혹감을 감추지 못하며 안절부절해했다.

잠시 후 패왕이 사로잡혀 온 인물을 향해 입을 열었다.

"그대는 진 호군이 아니오?"

그때까지 말없이 고개를 숙이고 있던 진평이 고개를 들어 입을 열었다.

"대왕, 오랜만에 뵙사옵니다. 그간 강녕하셨는지요?"

곧이어 패왕이 허탈한 소리와 함께 말을 이었다.

"하, 이거 참. 자네가 성고에 있었던 겐가?"

어둡다고는 하나 이미 입신의 무위에 오른 패왕이 진평을 몰라 볼 리 없었다.

자신의 군중에 있을 때에도 오다가다 본 일이 셀수 없이 많았고, 한왕의 참모로 간 뒤부터는 앞장서서 패왕의 화를 돋우던 진평을 어찌 한눈에 못 알아보겠는가.

다만 하도 현실감이 없어 정말 진평이 맞는지 물어본 것일 뿐이었다.

"대왕께서 광무산을 향하셨다는 소식을 듣고 번 장군이 무너진다면 다음 행보로 성고를 향할 것이라 생각하여 오게 되었습니다."

섬뜩할 정도로 정확한 예측에 패왕이 당혹감을 감추지 못하자 항백이 나서 진평에게 물었다.

"지켜볼 요량으로 성고에 오셨다더니 어찌하여 이리 사로잡히게 되셨소?"

어찌 보면 놀리는 것처럼 여겨지는 말이었으나 진

평은 담담히 답했다.

"성벽의 궁수들이 활 쏘는 것조차 잊을 정도였는데 제가 사로잡힌 게 무에 대수겠습니까?"

그 꾀 많기로 유명한 진평이 머리 쓰기를 포기한 듯 대답하자 항백이 패왕을 향해 웃으며 말했다.

"대왕, 저 청년 기마대장의 판단이 과연 옳았던 것 같습니다."

"하하하, 그렇구려."

그제야 여유를 되찾은 패왕이 더욱 호탕하게 웃으며 청년 기마대장을 향해 말했다.

"너는 누구이며 어떤 직분을 가지고 있느냐?"

"소신의 성명은 경성입니다. 3년 전 팽성에서부터 대왕을 따르고 있으며 황송하옵게도 기마대의 10인장을 맡고 있사옵니다."

그 말에 패왕은 속으로 한탄을 금치 못했다.

비록 아직 어리다고는 하나 전투 중에 저토록 명석한 판단을 할 수 있는 자가 고작 열 명을 이끌고 있다는 것이 말이 되는 처사인가?

그렇다고 갑작스레 젊은 무장을 파격적으로 승진시킨다면 전날까지 그의 상관이었던 나이 많은 자들이 과연 저 젊은 무장을 진심으로 섬길 것인지도 의문스러웠다.

잠시 뜸을 들이던 패왕이 다시 입을 열었다.

"성고에 있던 군마를 모두 저자에게 내려 주고 그 말의 숫자에 맞게 병사들도 뽑아 갈 수 있도록 하라."

어리다고는 하나 분명한 공을 세운 자를 혹시라도 모른 척할까 싶어 상을 내리도록 분위기를 조장한 항백이었으나 패왕의 말이 하도 파격적이라 말리지 않을 수 없었다.

"하오나 대왕, 성고가 비록 작은 성이라고는 해도 그 군마가 족히 천 마리는 될 것입니다. 십인장을 어찌 한순간에 천인장으로 만드려 하십니까?"

하지만 패왕은 항백의 말에 대답하는 대신 다시 경성이라는 자에게 물었다.

"네 혹시 경양(景陽)이라는 이름을 들어 보았느냐?"

"대왕께서 말씀하신 분이 한단에서 진과 크게 싸운 이가 맞다면 소신의 조부님 되십니다."

"역시! 경양의 후예라면 천인장도 부족하다. 다만 아직 네 공이 부족하니 이곳 성고를 맡아 지키며 기마대를 양성하며 때를 기다리도록 하라."

항백의 만류에도 불구하고 천인장에다 더하여 오늘 전투의 성과인 성고성까지 들어 맡긴다는 뜻이었다.

그러나 이번에는 항백은 물론, 그곳에 있던 다른 장수들까지 고개를 끄덕일 뿐 이견을 제시하지 않았다.

그것은 아마도 그가 경양의 후예임을 밝힌 덕분인 듯했다.

초나라 사람들에게 경양이란 그만큼 큰 이름이었다.

시황제의 진나라가 천하를 통일하기는 했으나 이는 밑도 끝도 없이 한순간에 이뤄진 일이 아니었다.

바로 시황제의 조부인 소왕(혹은 소양왕) 시절에 이미 그 기틀이 마련되어 있었던 것이다.

당시 진나라의 군사력이 얼마나 강력했느냐 하면 동시에 남은 여섯 국과 전쟁을 할 정도였다.

물론 그것을 가능하게 한 것은 진나라가 지닌 다수의 대장군들이었다.

당시 진나라에는 그 나라 역사상 가장 뛰어난 대장군으로 추앙받는 인물이 동시에 여섯이나 튀어나와 버리는데, 후에 시황제의 명을 받아 천하를 통일시켰던 대장군들은 대부분 그들의 부장이거나 자식이었다.

아무튼 그 강성한 진나라와 국경을 맞대고 있던 조나라는 그때 이미 멸망 직전까지 간 적이 있었는데 바로 그 여섯 명의 대장군 중 둘인 백기와 왕흘이 이끄는 대군 때문이었다.

다급해진 조나라가 인근에 있는 초나라에 구원을 요청하자 초나라는 이를 받아들여 대군을 파견했다.

그때 초군을 이끈 자가 바로 경양이었는데 군대를 얼마나 귀신같이 다뤘는지 백기와 왕흘이 견디다 못해 결국 진나라로 회군해 버리도록 만든 장본인이었다.

워낙 병법에 능통하여 손무의 현신이란 말을 들을 정도였으니 가히 짐작할 만하다 할 것이다.

패왕은 청년 장수의 이름을 듣고 즉시 그의 몸에 흐르는 기를 살펴보았는데 벌써 임독양맥이 뚫려 있는 것이었다.

대부분의 무인들이 평생을 추구해도 될까 말까 한 목표를 저 나이대에 이뤘다면 특별한 기연을 얻은 경우이거나 집안 대대로 내려오는 탁월한 수련법이 있는 것이었다.

패왕은 즉시 경양을 떠올렸고 아니나 다를까 그 후예였던 것이다.

나이대로 보아 적장자의 장손은 아니겠지만 범부 아래 견자 없는 법이었다.

이미 통일 이후의 세계를 그리고 있는 패왕은 시간을 들여 성장시킨다면 분명 초나라에 큰 힘이 될 것인 경성이 이곳에 남아 집안 대대로 이어 온 무공의 극성을 완성하기를 원했던 것이다.

저마다 예전 초나라의 강대함과 그 애통한 망국을 떠올리느라 침묵이 흐르던 가운데 패왕이 다시 입을 열어 적막한 분위기를 걷어 냈다.

"진평을 잡아 온 것도 경성이니, 그에게 처분을 맡기는 것도 좋겠다."

패왕의 그런 명을 갓 약관을 지난 경성이 감당하기는 어려운 것이었다.

아닌 게 아니라 경성은 적잖이 당황했지만 오래 시간을 끌지 않고 입을 열었다.

진평은 생각지도 않게 자신의 운명이 결정 나게 되자 온 신경을 경성의 입술로 집중시켰다.

"소신의 생각에는 아무래도 이곳에서 참하는 것이 나을 듯합니다."

어려서 여리게만 보이는 경성의 입에서 의외로 독한 말이 흘러나오자 패왕이 까닭을 물었다.

"제가 듣기로 한왕의 모사 중 으뜸으로는 장량과 진평이 있는데 경우에 따라 상책을 내는 자가 달라 우열을 가리기 힘들다고 합니다. 그런 자를 사로잡았으니 도망칠 수 없도록 잘 가둬 두어야 할 것입니다. 그런데, 행군 간에 잦은 전투를 해야 하는 대왕의 군중에 그를 가둬 둔다면 혹시라도 경황이 없는 틈을 타 그가 도망갈 수도 있는 법이니 이곳 성고에 가둬 두는 것이 상책이라 할 것입니다. 그런데 문제는 제가 저자를 감당할 헤아림이 없다는 것입니다. 이래저래 위험한 것이 한둘이 아닌데 그렇다고 저자를 가둬 둠으로 얻는 이득도 대단할 게 없으니 차라리 즉시 참하니만 못하다고 판단했습니다."

패왕과 그 휘하 장수들이 들어보니 조목조목 한군데도 틀린 데가 없었다.

사실 패왕은 원래 자신의 군막에 있던 자이기도 하고 워낙 꾀가 많은 인물이라 다시 자신을 섬기도록 설득해 볼 생각이 없지 않았으나, 경성의 말에 그조차 설득당하고 말았다.

패왕이 허락하자 그것으로 진평의 운명은 결정 나 버리고 말았다.

다음 날 아침 일찍 진평은 초나라 장병 모두가 지켜보는 가운데서 그 목과 몸통이 분리되고 말았다.

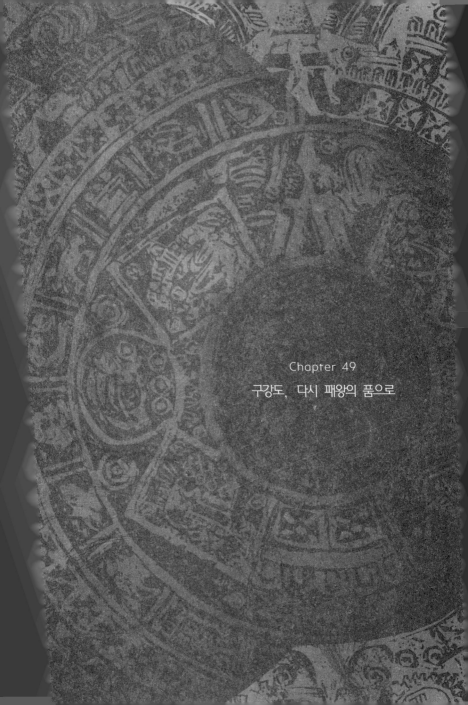

Chapter 49
구강도, 다시 패왕의 품으로

성고에서 며칠 머무르며 병졸과 말을 푹 쉬게 한 패왕이 드디어 대군을 이끌고 성고를 벗어났다.

초나라 병사들은 드디어 그 지긋지긋한 형양성을 뺏으러 간다는 생각에 한껏 의욕을 불태웠다.

당시 형양성을 지키고 있는 자는 주가와 종공 그리고 한(韓)왕 신이었다.

한왕 신은 원래부터 뛰어난 장수였고, 한(漢)왕에 대한 충성심도 지극해 일찍부터 왕으로 세워진 자였다.

반면 주가와 종공은 장수가 아닌 유학자로 이름을

알린 인물이었는데 한왕이 구차하게 도망치는 가운데
서도 믿을 만하다 여긴 자들이었다.

사실 한왕 입장에서는 형양을 반드시 보존해야 내
일을 논할 수 있는 것이니 비록 힘이 부쳐 도망치는
상황이지만 자신을 대신해 목숨 걸고 그곳을 지켜 줄
이들이 필요했을 것이다.

그런 의미에서 유학자는 매우 적합했다.

그들이 가장 숭상하는 것이 바로 충(忠)이지 않은
가.

죽었으면 죽었지 항복하지는 않은 것이니 한왕이
서둘러 지원군을 모아 돌아온다면 과연 형양을 지킬
수도 있지 않을까 하는 희망을 품은 것이었다.

아닌 게 아니라 관중으로 돌아간 지 일주일이 채
지나지 않아 소하가 마련해 준 대군을 이끌고 다시
중원으로 나설 때 가장 먼저 진평에서 1만의 병졸을
떼어 주며 형양을 돕게 했다.

비록 진평은 성고성에서 목숨을 잃었지만 그가 이
끌고 온 1만의 군세는 그대로 형양성에 보태져 있었
다.

사정이 그러하니 한왕의 명을 받은 그 셋이 목숨을

아끼지 않고 패왕에게 대적한다면 패왕은 다시 한 번 힘든 전투를 치르게 될지도 모를 일이었다.

하지만 패왕을 따라 형양성으로 향하는 초군의 생각은 달랐다.

성고성과 광무산 전투를 한순간으로 끝내 버린 패왕의 무위가 형양성이라고 통하지 않을 이유가 없다고 여겨진 것이었다.

하지만 형양성은 성고성보다 족히 네 배는 더 큰 성이었다.

그만큼 물자도 풍부했고 병사의 질도 달랐다.

그래서인지 패왕은 성고에서와는 달리 형양성 지척에 도착하자마자 횡진을 그리며 자신의 부대를 정지시켰다.

사실 전생에서 패왕은 결국 형양성을 함락시키고 끝까지 저항하던 주가와 종공을 모두 삶아 죽여 버렸었다.

하지만 자신의 잔인한 성품이 천하 민심을 잃게 한 큰 원인 중 하나임을 깨달은 패왕이 또다시 그런 일을 벌일 수는 없는 노릇이었다.

그래서일까?

패왕은 이번에도 양군 모두 최소한의 희생으로 자신이 원하는 바를 달성할 수 있는 방법이 무엇일지 골몰하고 있었다.

어느덧 시간이 흘러 패왕이 형양성을 포위한 지 사흘째 되던 날이었다.

패왕은 휘하의 장수들을 불러 이번 전투를 위해 마련할 것을 지시했는데 하나는 양팔을 벌린 장정을 온전히 덮을 수 있을 정도로 크고 튼튼한 천이었고, 또 다른 하나는 엄청나게 긴 줄을, 그리고 마지막으로 다수의 대나무였다.

부하들이 영문을 몰라 하자 패왕이 어울리지 않게 자세한 설명을 해 주었는데 요약하자면 이렇다.

준비한 큰 천의 각 면을 대나무로 감싸고 그 대나무에 준비한 동아줄을 묶어 커다란 연을 만든다.

각 부대에서 날래고 활을 잘 쏘는 병사를 차출하여 그 수가 300명이 되게 한다.

며칠 뒤 그믐달이 뜨는 날 전군을 들어 형양성을 칠 때 그 병사들이 먼저 연을 타고 날아올라 형양성의 성벽 위로 화살을 어지러이 날려 성벽 위의 궁수들을 무력화 시키면 다른 병졸들이 때를 놓치지 않고

성벽으로 기어올라 그곳을 장악한 다음 성문을 연다
는 작전이었다.

성벽이라는 높이의 우위를 점하고 있는 상대를 무
력화시키기 위해 더 높은 높이를 택한 패왕의 작전이
었다.

하지만 패왕이 아무리 설명을 해 주어도 휘하의 장
수들은 혼란스러워했다.

하늘같은 패왕의 명이니 말없이 따르기는 하겠지만
대관절 사람을 연에 태워 성벽위로 날려 보낸다는 발
상 자체가 터무니없다고 여겨진 탓이었다.

패왕이 그 나름의 자세한 설명을 끝내고도 한참이
지나서야 여러 장수들의 눈치를 받은 항백이 대표로
나섰다.

"송구스럽습니다만 대왕께서는 혹시 이런 방법을
쓴 전투를 들어 보신 적이 있는 것인지요?"

조심스런 항백의 물음에 패왕이 껄껄 웃으며 자신
있게 답했다.

"하하하, 숙부께서는 무엇을 염려하는 것이오?"

"늙은 제가 식견이 부족하여 아직 사람을 연에 태운
다는 소리를 듣지 못하여 감히 대왕께 여쭈었습니다."

항백이 본심을 숨기지 않고 재차 물어 오자 패왕이 좌중을 둘러보며 확신에 찬 어조로 말했다.

"그대들도 치우를 알 것이오. 바로 그가 썼던 방법이니 시도해 볼 만하지 않겠소?"

치우.

당시 초군이나 한군 모두 전투에 임하기 전 전쟁의 신에게 승리를 기원하는 번제를 올렸는데 바로 그 전쟁의 신을 가리키는 이름이 치우였다.

자신을 감히 치우에 빗대 버리는 패왕의 광오함에 항백은 물론 그곳에 모인 여러 장수들은 그만 말문이 턱 막혀 버렸다.

치우가 누구인가?

신화시대에는 두 개의 문명이 존재하는데, 하나는 황하 문명이고 다른 하나가 바로 요하 문명이었다.

두 문명 다 너무 오래전 일이라 여러 가지 설이 많지만 재론의 여지가 없는 것이 하나 있는데 그것은 바로 황하 문명은 복희, 신농, 여와로 이어지는 삼황의 시대와 황제, 전욱, 곡, 요, 순으로 이어지는 오제의 시대로 나눠진다는 것이다.

그런데 삼황의 시대와 오제의 시대 사이에는 약

100년의 간극이 존재했다.

그 이유는 요하 문명의 치우가 삼황의 시대를 끝내고 황하 문명을 지배했기 때문이었다.

다만 이후에 황하 문명의 후예인 황제가 요하 문명의 후예인 2대 치우를 몰아내어 지금까지 명맥을 유지할 수 있었던 것이다.

지금 패왕은 그런 치우와 자신을 동급으로 여기는 듯한 과감한—어찌 보면 미친— 발언을 한 것이다.

그래서일까?

장수들은 더 이상의 반론을 재기하지도 못한 채 말없이 패왕의 명을 따랐다.

아닌 게 아니라 더 이상 무슨 말을 하겠는가?

그리고 다음 날부터 패왕의 기책을 염려하는 장수들과는 달리 패왕을 철석같이 믿고 있는 병졸들은 한군의 눈을 피해 연을 이용하는 연습에 여념이 없었다.

어느새 며칠이 지나 그믐이 찾아오자 초군의 진영이 부산스러워졌다.

패왕은 새벽같이 장졸들을 깨워 그날 밤에 있을 전투를 점검하게 한 다음 점심을 먹자마자 잠들게 했다.

한편 한군은 성 앞에 진을 친지 닷새가 지나도록 패왕이 아무런 행동을 취하지 않는 것이 수상하기도 하고 고맙기도 했다.

사실 핵심 전력이 대부분 빠져나간 상황에서 패왕이 직접 이끈 대군과의 전투가 시작된다면 너무 많은 피를 흘리게 될 것이 불 보듯 빤했기 때문이다.

그런 한군의 마음을 아는지 모르는지 어느새 사방이 어두워지고 있었다.

패왕은 병졸들이 눈을 뜨기 무섭게 영내에 있는 모든 군량을 털어 진수성찬을 차리게 했다.

저녁이 되었는데도 밥 짓는 연기와 불빛이 보이지 않는다면 한군이 의심을 살 것이기 때문이기도 했고, 곧이어 시작될 전투가 얼마나 길어질지 모르기 때문에 최대한 병사들을 배불리 먹여 두려는 것이기도 했다.

어느덧 밤이 깊어지며 해시에 이르자 패왕은 전군을 들어 요란스레 형양성을 공격하기 시작했다.

형양성의 있던 한군은 마침내 올 것이 왔을 뿐이라는 듯 두려움 없이 초군에 맞서며 성벽을 기어오르는 초군을 향해 화살이며 돌을 발사해 그들이 성으로 오르지 못하도록 했다.

하지만 기세가 오른 초군은 그런 한군의 적극적인 수성 의지에도 불구하고 끊임없이 성벽을 기어올랐다.

그렇게 한나라 군의 신경이 온통 성벽 아래로 향해 있을 때였다.

그때 한군 입장에서는 마른하늘의 날벼락 같은 일이 생겼는데 바로 하늘에서 화살비가 쏟아진 것이다.

달빛조차 없는 그믐이기에 한군이 몇 번이고 고개를 들어 하늘을 올려다봐도 아무것도 보이지 않았다.

하지만 분명 하늘에서 화살이 비처럼 쏟아져 형양성의 성벽을 지키고 있던 수많은 한군이 죽어 나가고 있으니 환장할 노릇이었다.

당황한 한나라의 장수들이 궁수들을 시켜 허공을 향해 활을 날려 보았지만 불행히도 초군의 연에는 닿지 못했다.

성벽 위에 있는 한군이 어지러워지는 듯하자 드디어 패왕이 몸소 나섰다.

오추마를 빛처럼 몰아 성벽 코앞까지 간 패왕은 한마디 기합과 함께 성벽 위를 향해 몸을 날렸다.

다음 순간 패왕의 몸은 마치 튕겨져 성벽 위를 향

했는데 패왕은 마치 평치를 달리듯 성벽을 밟고 달려 마침내 성벽 위로 올랐다.

그리고 그때부터 패왕이 눈부신 무위를 빛내며 한군을 도륙하기 시작했다.

얼마 지나지 않아 패왕이 낸 길을 따라 패왕친위대도 성벽 위에 도착해 패왕의 등 뒤를 받히자 패왕은 한층 매섭게 대검을 휘두르며 성벽 위의 한군을 베어 나갔다.

얼마 지나지 않아 패왕과 그 친위대는 성벽 위의 한군을 빗자루로 먼지를 쓸듯 걷어 내 버렸고 그렇게 성벽 위의 상황이 정리되기 무섭게 곧장 성벽 아래로 향했다.

패왕 친위대의 보병 하나가 숨을 헐떡거리며 패왕 앞으로 나섰는데 어디서 구했는지 한 마리 말을 끌고 왔다.

패왕은 묻지도 따지지도 않고 그가 구해 온 말에 올라 저편에서 한군을 지휘하고 있는 자를 향했다.

모양새가 중군의 형태를 갖춘 것으로 보아 아무래도 형양성을 지키고 있는 세 명의 장수 중 하나일 것이라 판단한 것이었다.

패왕이 쏘아진 화살처럼 나아가며 그 앞을 가로막는 한군 수십 명의 몸통을 양단 시켜 버렸다.

한군의 장수로 보이는 자가 당황하며 서둘러 검을 뽑았지만 이미 그의 손과 발은 두려움으로 떨리고 있었다.

어느새 거리를 좁힌 패왕은 그가 누군지 관심 없다는 듯 애검을 휘둘렀고, 패왕의 검에서 흘러나온 검풍은, 한나라의 장수는 물론 그의 주변을 지키던 자까지 함께 지워 버렸다.

겨우 살아남은 자들이 급히 고개를 돌려 패왕의 다음 공격 대상이 혹시 자신일까 두려워했으나 이미 패왕은 말을 몰아 그곳을 떠난 뒤였다.

'장수들만 처단하면 된다. 병졸들이라고는 하나 병장기를 들고 선 모양새를 보니 저들은 며칠 전까지만 해도 농사나 짓던 백성들임이 분명하다. 형양성에 모아 둔 한왕의 정병은 성벽 위가 전부였다.'

패왕이 그렇게 마음속으로 헤아리며 서둘러 지휘관이 있는 곳을 찾았다.

모든 성이 그렇듯 동서남북으로 성문이 있을 것이었고 성벽을 따라가다 보면 각 성문을 지키고 있는 수장을 만날 수 있을 터였다.

과연 얼마 지나지 않아 패왕의 시야에 한 떼의 무리가 겹겹이 벽을 만들어 한 명을 호위하고 있는 모습이 들어왔다.

패왕은 더욱 빨리 말을 몰아 그들 틈으로 뛰어들었다.

한군 여럿이 순식간에 패왕을 포위하였으나, 패왕이 몇 번 검을 휘두르자 이미 땅을 밟고 서 있는 자가 드물었다.

패왕은 뜸 들이지 않고 나아가 장수로 보이는 자의 목을 쳐 버렸다.

상대도 큰 칼을 들어 패왕의 공격을 막아 보려는 듯했으나 다음 순간 그의 검과 머리는 패왕의 검에 의해 함께 잘려 나가고 말았다.

패왕이 다시 말을 몰아 앞으로 나아가려고 할 때 패왕친위대의 하나가 급히 앞을 막았다.

"대왕, 오추마를 데려왔습니다."

외침과 함께 그가 훌쩍 오추마에서 뛰어내리자 패왕은 고개를 끄덕이며 훌쩍 뛰어올라 자신의 애마에 올랐다.

성 밖에 있던 오추마를 데리고 들어온 것으로 보아 이미 적어도 하나의 성문이 열린 것이라 판단한 패왕은 더욱 서둘러 한군의 지휘관을 찾았다.

난전이 계속된다면 한군과 초군은 서로 많은 피를 흘리게 될 것이니 한시라도 빨리 지휘관을 베어 전투를 종결시키려 함이었다.

이미 전쟁 후에 자신이 다스릴 세상을 그려 놓고 있는 패왕의 마음속에는 한군이든 초군이든 똑같은 자신의 백성이었기에 어떻게든 그들의 희생을 최소화시키고 싶었다.

이전의 보통 말을 탄 패왕도 그 기세와 속도가 눈부셨지만 오추마에 올라 성안을 누비는 패왕의 모습은 그야말로 장관이었다.

동에 번쩍 서에 번쩍하며 한군의 높고 낮은 지휘관들을 처치하는 모습은 그야말로 지옥에서 온 야차와도 같았다.

패왕이 한참을 그렇게 성안 정리에 몰두하고 있을 때 항백이 전령을 보내 왔다.

"보고 드립니다. 한(韓)왕 신으로 보이는 자가 무리를 이끌고 탈출하는 것을 항백 장군께서 막고 계시지만 한군의 기세가 워낙 날카로워 마침내 놓치게 될까 두렵다고 전하라 하셨습니다."

전령의 말에 패왕이 놀라 황급히 길을 묻자 그 전령은 '북문에서 채 10리도 떨어지지 않은 곳이옵니다' 라 답했다.

패왕은 더 생각할 것도 없이 나는 듯 오추마를 몰았다.

얼마 지나지 않아 과연 전투가 한창인 모습이 패왕의 눈에 들어왔다.

얼핏 보아도 한(韓)왕 신이 이끄는 부대가 항백의 부대보다 병력 수가 많은 듯했다.

또한 항백이 용케 버티고는 있지만 얼마 안 가 한군에 길을 내주더라도 탓할 수 없을 정도로 한군의 기세 또한 대단했다.

아무래도 지키는 자보다는 죽기 살기로 도망치려는 자들의 기세가 험한 법이었다.

한편 한(韓)왕 신은 수하들을 통해 주가와 종공이 이미 패왕의 손에 처단되었다는 소식을 듣자 일이 틀려 버렸음을 알고 지체 없이 형양성을 버리고 달아났다.

한(韓)왕 신은 자신이 이끌고 있던 북문 쪽의 5천 병사를 온전히 보존한 가운데서 선택한 것이기에 패왕을 피해 관중으로 돌아가거나 한왕이 있는 완성으로 향하기에 무리가 없을 것이라 판단했었다.

그러나 그것도 잠시. 북문을 열어 빠져나오기 무섭게 한 떼의 인마가 자신의 뒤를 쫓아오기 시작하자 알 수 없는 불안이 한(韓)왕 신을 덮쳤다.

다행히 자신을 쫓는 초군의 무리가 얼마 되지 않자 한(韓)왕 신은 우환을 남기느니 차라리 최대한 빨리 초군을 흩어 버리고 다시 길을 잡는 것을 택했다.

처음 얼마간은 한(韓)왕 신의 뜻대로 흘러가는 듯했지만 의외로 초군의 저항이 거세어 예상했던 것보다는 시간이 한참이나 지나 버렸다.

그리고 얼마 후 형양성 쪽에서 기마대가 일으키는 먼지 기둥이 일어나자 어쩌면 도망치지도 못할 수 있겠다는 생각을 했다.

한(韓)왕 신이 그런 불안에 시달리고 있을 때쯤 어느새 패왕이 이끈 기마대가 한군의 한쪽 편을 '쾅' 하는 굉음과 함께 덮쳐 버렸다.

놀란 신이 소리가 난 쪽으로 고개를 놀리자 언제

나타났는지 모를 패왕이 눈에 들어왔다.

아마도 굉음의 정체는 바로 패왕이 내지른 그 특유의 검풍인 듯했다.

얼마 지나지 않아 패왕의 오추마는 한(韓)왕 신의 지척까지 패왕을 인도했다.

"이놈 신아! 내 너를 일찍부터 왕위에 올려 주고 우대했건만 어찌 한왕의 앞잡이가 되었던 것이냐?"

패왕이 오추마의 속도를 유지하며 우레와 같은 소리를 내며 다가오자 한(韓)왕 신은 다급히 패왕에게 용서를 빌었다.

"대왕, 용서해 주십시오. 다시는 대왕을 배신하지……"

하지만 한(韓)왕 신의 말은 더 이어지지 못했다.

더 듣기도 싫다는 듯 패왕이 단칼에 한(韓)왕 신의 목을 베어 버린 까닭이었다.

다음 순간 대장을 잃고 허둥거리는 한군을 단숨에 제압해 버린 패왕이 그들에게 명했다.

"너희 중에 우리 초나라를 섬기고 싶은 자가 있다면 모두 받아들이겠다. 또한, 고향으로 돌아가겠다는 사람이 있다면 그 역시 허락하겠다. 그러니 남으려는 자는 남고 가려는 자는 서둘러 고향으로 돌아가도록 하라."

패왕의 말을 들은 한군은 자신의 귀를 의심했다.

그들이 아는 패왕은 지난날 수수에서 패잔병 20만 명을 생매장 시켜 버린 잔인무도한 자였기 때문이었다.

그래서인지 그들은 선뜻 움직이지 못한 채 머뭇거리고 있었다.

그 모습을 안 패왕이 다시 큰 소리로 외쳤다.

"천지신명께 맹세코 고향을 향하는 자들을 뒤쫓지 않을 것이니 너희들은 어서 과인의 명을 받도록 하라."

그제야 사로잡힌 한군은 두 패로 나뉘어 바삐 움직였다.

한쪽은 패왕에게 항복하겠다는 것이었고 다른 한쪽은 고향으로 돌아가겠다는 것이었다.

그 모습을 곁에서 지켜본 항백은 패왕의 변화에 놀란 기색을 숨기지 못했다.

사실 말이 좋아 고향으로 돌아가는 것이지 저들이 모두 고향으로 간다는 보장은 없었다.

어쩌면 상당수가 다시 한군의 진영을 찾아갈지도 모를 일이었다.

패왕 또한 그것을 모를 리 없기에 여태까지 그토록 잔인한 손속을 보였던 것이었다.

사실 지금의 패왕에게는 그들 중 상당수가 한군의 진영으로 돌아가는 것보다 고향에 가고 싶거나 가야만 되는 사연을 가진 이들이 억지로 자신과 한왕의 전쟁에 희생되는 것이 더 가슴 아픈 일이었다.

그렇기에 얼마간의 위험을 감수하고서라도 이렇게 그들을 고향의 품으로 돌려보내고 싶은 것이었다.

사실 지금이야 초군, 한군으로 나뉘어져 천하 쟁패를 하고 있지만 패왕도 한왕도 모두 옛 초나라 땅에서 나고 자란 사람들이었다.

당연히 그들이 거느리고 있는 수하들과 병졸들도 대부분 다 같은 초나라 국민인 것이다.

물론 이즈음의 한군은 이미 다국적군이 되어 버리긴 했지만 그렇다고 하더라도 패왕의 생각은 크게 다르지 않았다.

소하가 한왕에게 보내 오는 병졸들은 옛 진나라의 백성들이다.

또한 한신이 이끄는 병사들은 옛 조, 연, 제 삼국에서 차출한 병사들이었다.

하지만 그들도 다 같은 천하에 사는 자들이다.

굳이 초나라 출신이 아니라도 통일된 이후의 세계를 통치해야 하는 패왕이라면 어차피 품어야 하는 백성들인 것이다.

아무튼 패왕의 그와 같은 호의에 무사히 목숨을 건지게 된 패잔병들은 열 중 셋은 초나라에 다시 제 한 몸을 의탁했고, 남은 일곱은 패왕의 덕을 칭송하며 자신들의 고향을 향해 발길을 옮겼다.

Chapter 50
함곡관 전투

눈에 박힌 가시와도 같던 형양성과 광무산성, 성고
성을 멍석 말듯 둘둘 말아 들어 올린 패왕은 다음 행
선지로 한왕의 본거지인 관중을 택했다.

그러자 휘하의 장수들이 모두 한 목소리를 내며 패
왕에게 재고를 청했다.

대부분의 장수들은 패왕을 따라 이미 한 번 함곡관
을 넘은 경험이 있는 자들이었지만 두 번 하기는 싫
다는 속마음인 것도 같았다.

사실 함곡관은 역사상 처음이자 마지막으로 패왕의
손에 무너졌을 뿐, 그진까지 단 한 번도 무너진 적이

없는 철옹성이 아닌가?

장수들의 거센 반대에 부딪힌 패왕은 그들에게 스스로 자신감을 갖출 시간을 주기로 했다.

감히 자신의 얼굴도 바라보지 못하는 자들이 한입으로 자신의 뜻을 거스른다면 자신의 헤아림이 잘못된 것일 수도 있기 때문이었다.

춘추 오패 중 하나로 700여 년간 나라를 온전히 보존하고 더 나아가 처음으로 천하를 통일하기까지 한 진(秦)나라는 초나라만큼 광활한 영토를 가지고 있었기에 그 인적, 물적 자원이 남달랐다.

또한 진나라의 수도인 함양은 거의 550여 년간 지속되었던 전란의 시대 동안 단 한 번도 타국의 침범을 허락지 않았다.

춘추전국시대의 다른 나라들이 수도를 잃고 오랜 시간 행정을 복구하기 위해 노력했던 것과는 사뭇 다른 모습이었다.

그래서인지 진나라는 시간이 지날수록 안정된 모습으로 그 힘이 커져 갔다.

어차피 서로 간의 전쟁이 끊이지 않았던 시대에 유

독 함양만이 온전할 수 있는 이유는 진나라 특유의 지형 때문이었다.

수도인 함양으로 가기 위한 길은 고작 두 개가 전부였는데 하나는 그 유명한 함곡관을 넘는 것이었고 다른 하나는 무관을 지나는 것이었다.

진나라를 정벌할 때 패왕이 진격한 길이 바로 함곡관이고 한왕이 나아간 길이 무관이었다.

두 관문의 가장 차이점은 바로 규모였다.

함곡관은 엄청난 규모의 대로가 뚫려 있어, 백만 대군이라도 드나드는 데 부족함이 없는 반면 무관은 길이 너무 좁고 험해 일정 규모 이상의 군대가 드나들기 힘들었다.

더군다나 무관의 길은 산 한가운데로 난 것이었기에 기다리는 편에서 미리 매복하여 공격해 들어오는 적들을 섬멸하기 충분한 지형적 이점을 지니고 있었다.

비록 한왕이 무관을 넘었다고는 하나, 그것은 이미 진나라의 국가 기능이 마비된 때라 가능했었던 것일 뿐, 여느 때의 진나라였다면 아마도 불가능했을 일이었다.

어느덧 시간이 흘러 패왕이 형양성에 머무는 지도 반년이 되어 가던 날이었다.

그날따라 형양성 가장 높은 망루에 앉아 밤새 고민을 거듭하던 패왕이 마침내 결심한 듯 준비해 둔 지필묵을 이용하여 천하에 흩어 둔 네 명의 대장군에게 보낼 조서를 써 내려갔다.

대초(大楚)의 대장군에게 이르노라.

짐은 더 이상 우리 초나라의 근간을 흔들고 있는 한왕을 좌시하지 않으려 한다.

한왕의 기세를 무너뜨릴 방도는 여럿이 있을 것이나 그중 으뜸은 그의 봉토인 관중을 거두어들이는 것이다.

하나 불충한 한왕이 짐의 명을 받들지 않을 것이 분명하니 그대들은 짐을 도와 한왕의 봉토를 다시 거두어들이는 데 힘쓰라.

그대들은 즉시 전군을 들어 함곡관으로 향하되 맞서고 있는 한왕의 장수들을 괘념치 말라.

또한 닫기를 배로 하여 4월 초하루에는 모두 함곡관

아래 진을 칠 수 있도록 하라.

그대들의 무운을 비노라.

그날이 삼월 초하루였으니 한 달 남짓한 시간 동안 대군을 행군시켜 함곡관 앞으로 오라는 것이었다.

가장 멀리 떨어져 있는 환초도 행군을 서두른다면 보름이면 당도할 거리였으니 초나라 대장군들에게 패왕의 명을 받들 시간이 부족하지는 않아 보였다.

다만 그들 모두 패왕의 부장으로 그 지독했던 함곡관 전투를 겪었던지라 다시 한 번 함곡관을 넘자는 패왕의 말이 반가울 리 없었다.

아침 일찍 사신들을 네 갈래로 나누어 보내 대장군들에게 자신의 명을 전달하게 한 패왕은 그동안 형양성에 머무르며 자신이 직접 훈련시킨 정병 6만에게도 다가올 전투를 알리며 스스로를 준비하도록 했다.

한편 옛 조나라와 위, 연까지 평정한 후 제나라를 넘보고 있던 한왕의 귀에도 불과 며칠 걸리지 않아 패왕의 소식이 전해졌다.

한왕은 즉시 장량을 불러 이를 의논했다.

장량은 이미 여러 곳에 풀어놓은 세작을 통해 패왕의 소식을 듣고 있던 터라 한왕의 다급한 물음에 차분히 답했다.

"패왕이 관중을 다시 취하려 하나 이는 패왕에게 적지 않은 피해를 줄 것입니다."

알 수 없는 장량의 말을 한왕이 다급히 받았다.

"이보시오, 장자방. 패왕이 아무리 큰 피해를 받는다 한들 근거지를 잃어버린 우리보다 크겠소?"

장량이 그런 한왕을 진정시켰다.

"대왕께서는 어찌 그런 말씀을 하십니까? 아직 패왕이 함곡관에 당도한 것도 아니지 않사옵니까?"

"마음이 급해서 그렇소. 그 악귀 같은 패왕이 천하에 소문을 내고 있지 않소?"

"대왕께서는 너무 걱정하지 않으셔도 됩니다."

자신의 꾀주머니인 장량이 그렇게 말하며 안심시키자 어느새 여유를 되찾은 한왕이 언제 그랬냐는 듯 여유로운 말투로 되물었다.

"이미 생각해 둔 바가 있다면 말씀해 보시구려."

"대왕께서 천하에 퍼트려 두신 제후들을 불러들여

함곡관에서 패왕과 일전을 벌이는 것이 상책이라 할 것입니다. 비록 이전에 한 번 패왕이 함곡관을 무너뜨렸다고는 하나 그것은 천재일우였을 뿐, 그라고 매번 함곡관을 넘을 수는 없는 일입니다. 더군다나 지난날 함곡관을 지키던 진나라의 장한이 대단한 자였다고는 하나 우리 한나라의 대장군에게는 미치지 못합니다. 패왕이 전군을 들어 함곡관을 넘으려 하는 것은 오히려 우리 한군에게 패왕을 한 싸움으로 무너뜨릴 기회라 할 수 있습니다. 다음으로 중책은 패왕이 관중으로 향하든 말든 무시해 버리고 초나라의 도읍인 팽성을 취하는 것입니다. 서로 도읍을 바꾸어 취하는 것이라 할 수 있습니다. 그런데, 사방이 평지인 곳인 팽성을 공격하는 우리 한군이 입을 피해는 함곡관을 넘어야 할 패왕의 것에 비해 미미할 것이니, 그다음의 전투를 서두른다면 충분히 승기를 가져올 수 있을 것입니다. 마지막 하책은 일부 제후만 불러들여 함곡관 안에서 패왕과 맞서고 남은 제후들은 지금처럼 패왕의 근거지를 어지럽히는 것입니다. 하오나 이것은 너무 큰 위험이 있는 계책입니다. 전군의 힘을 모아도 패왕을 막을 수 있을지 의문스러운 판에 일부를 남겨 둔다면 아마도 패왕의 공격을 막아 내기 힘들 것입니다. 또한 대왕께서 끝내 패왕에게 패해 관중을 넘기게 된다면 남겨진 제후들은 굳이 패왕에게 맞서는 것보다는 그때까지 만들어 둔 모든 것을 들어 받치며 패왕에게 항복할 가능성이 크기에 이것이 하책이옵니다."

긴 시간 이어진 장량의 말을 가만히 듣고 있던 한왕이 더 두고 볼 것도 없다는 듯 답했다.

"그대의 생각이 내 마음과 같구려. 어서 모든 제후에게 닫기를 배로 하여 열흘 안에 함곡관 안으로 들라 전하도록 하시오. 행여나 기한을 어기는 자가 있다면 내 친히 그 죄를 물을 것이니 반드시 기한을 엄수토록 하시오."

"삼가 명을 받듭니다."

한왕이 장량의 말을 들어 함곡관에서 패왕과 자웅을 겨루기로 마음먹자 한왕을 따르는 여러 제후들과 장군들이 휘하의 대군을 이끌고 길을 서둘러 함곡관으로 향했다.

재미있는 상황은 초군과 한군이 지척에서 함곡관을 향해 행군함에도 불구하고 그들 간 전투가 없었다는 것이다.

이미 결전의 때와 장소가 정해진 마당에 자잘한 술책 따위를 부려 자신의 이름에 먹칠할 필요가 없기 때문이었다.

어느덧 시간이 흘러 패왕이 예고한 사월 초하루를 고작 며칠 앞둔 어느 날.

마침내 초나라의 대장군이 모두 도착하자 패왕은 크게 잔치를 열어 장졸들이 배부르게 먹고 마실 수 있도록 하여 사기를 높였다.

두 번째 삶을 살아가고 있는 패왕에게 그날은 무척이나 특별했다.

수하에 있는 장수들을 믿어 보기로 마음먹고 병력을 잘라 주기는 했지만 사실 패왕은 불안한 마음이 없지 않았다.

패왕이 대장군으로 삼은 네 명 모두 일군을 이끌기에 충분한 용력과 지략을 갖춘 것은 사실이었다.

하지만 그들은 자그마치 8년이라는 시간 동안 패왕의 곁에서 부장으로만 전쟁을 수행했을 뿐 직접 대군을 이끈 경험이 없었다.

한왕의 장군들이 일찌감치 일군을 이끌며 경험을 쌓은 것과는 사뭇 대조적인 것이었다.

전생의 패왕은 바로 그 점을 우려하여 결국 그들을 끝끝내 부장으로만 썼고 결국 비참한 최후를 맞았었다.

같은 실패를 반복하지 않기 위해 수하의 부장들에게 대장군이란 직함까지 쥐어 주며 일군을 맡겨 놓긴 했지만, 결과가 어떨지는 패왕으로서도 알 수 없는 노릇이었다.

하지만 반년 조금 지난 시간이 지난 오늘 마침내 다시 모인 용저, 종리매, 환초, 계포는 패왕의 우려와는 달리 한왕의 대장군들과 맞서 조금도 밀리지 않았을 뿐 아니라 스스로 병사들까지 뽑아 훈련시키며 자신들만의 군대를 완성시켜 놓았다.

패왕은 자신의 판단이 틀리지 않았음에 비로소 안도할 수 있으니 그것만 해도 충분히 기쁜 일이었다.

그러나 그것보다는 자신의 수하들이 훌륭한 대장군으로 거듭나는 모습을 볼 수 있다는 것이 더욱 기쁜 일이었다.

패왕 측에서 미리 예고한 날까지 공격할 의사가 없

다는 듯 매일 잔치를 열어 병졸들을 먹이고 마시게
하니 한왕 쪽에서도 굳이 그런 분위기를 마다하지 않
고 역시 잔치를 열어 병졸들이 즐기게 했다.

그렇게 며칠 동안 초군과 한군은 곧이어 치러질 최
후의 전투를 준비하며 실컷 먹고 마셨다.

그것은 마치 죽을 날을 받아 놓은 사람이 아무 미
련 없이 남은 며칠을 즐기고 있는 듯한 느낌을 주었
다.

그리고 마침내 패왕이 예고한 사월 초하루의 해가
떠올랐다.

한왕은 새벽같이 일어나 자신의 손과 발이 되어 준
이들을 한곳으로 불러 모았다.

패왕이 직접 이끄는 초군과 달리 한군은 한왕에게
전권을 위임받은 대장군 한신이 이끌고 있었기에 전
투가 시작되기 전에 그들의 얼굴을 다시 한 번 보고
싶기도 하였고, 오늘 있을 전투에 대한 대장군 한신
의 작전도 알고 싶었기 때문이었다.

한왕은 막상 전투가 시작되고 나면 다시 그들의 얼
굴을 볼 수 없을지도 모른다는 불안한 예감에 오랜
시간 자신을 도와 천하를 누빈 그들의 손을 일일이

잡아 주며 건승을 기운을 불어넣었다.

오늘을 대비한 작전은 이미 오래전에 세워졌을 뿐
아니라 한신과 장량의 머릿속에서 수백 번 모의전투
를 거치며 약점을 수정, 보완하였기에 한나라가 할
수 있는 최선의 전략이라고 부를 만한 것이었다.

그들이 세운 작전은 총 2단계였는데 그 첫 번째는
농성을 하는 것이 아니라 오히려 성 밖에 진을 펼쳐
패왕의 대군과 정면으로 맞서는 것이었다.

어차피 한군의 병력수도 초군과 같은 20만 대군이
었기에, 성 밖에서 한바탕 전투를 치르지 못할 이유
가 없었다.

그다음 단계가 농성이었는데 이는 승세를 굳이는
작전일 뿐이었다.

다시 말해, 한신과 장량이 세운 작전은 1단계에서
최대한 많은 초군을 사살한 다음 2단계인 농성을 시
작하는 것이었다.

사실 농성을 위한 준비를 더욱 철저히 해 왔지만
전투의 승패는 1단계인 성 밖 접전에서 결정 날 터였
다.

만일 한군이 오히려 초군에 대패해 버린다면 패왕

의 불같은 공성을 견디지 못할 것이기 때문이었다.

한왕이 다정한(?) 행사를 마무리하자 한의 대장군 한신이 스스로 앞으로 나섰다.

"지금부터 오늘 전투에 대한 군령을 내리겠다."

한신의 입에서 군령이란 말이 나오자 그곳에 모인 이들 모두가 새삼 옷깃을 고치며 대장군 한신의 명을 기다렸다.

"조참과 관영은 나서라."

한신의 명에 두 장군이 모두 자리에서 일어나 한신의 앞에 섰다.

"그대들은 초의 용저가 이끄는 대군과 맞선다. 조참이 3만 중군을 이끌어 적의 진격을 막고 관영은 1만의 유군을 이끌고 용저가 이끄는 대군의 허점을 찾아 깨부수도록 하라."

근엄한 한신의 군령에 조참과 관영이 입을 모아 답했다.

"대장군의 명을 받듭니다."

한신은 지체 없이 다음 군령을 내렸다.

"근흡과 시무는 나서라."

한신의 부름을 받은 두 장군 역시 자리에서 일어나

한신의 앞에 섰다.

"그대들은 초의 종리매가 이끄는 대군과 맞선다. 각기 2만의 군사를 지휘하여 초나라 군을 섬멸토록 하라."

"대장군의 명을 받듭니다."

한신은 거침없이 다음 두 장군을 호명했다.

"공희와 진하는 나서라."

자신의 부장인 공희와 진하가 한신의 앞에 자리하자 다시 영을 내렸다.

"그대들은 초의 환초가 이끄는 대군과 맞선다. 각기 2만의 군사를 지휘하여 기필코 환초의 목을 베어야 한다."

"대장군의 명을 받듭니다."

"역상과 하우영, 노관은 나서라. 그대들은 중군을 맡아 우리 대왕을 겹겹이 에워싸 호위토록 하라. 대왕의 안위가 위태로워진다는 것은 곧 우리 한군도 위태로워지는 것이니 그대들의 임무가 가장 막중하다 할 것이다."

"삼가 대장군의 명을 받듭니다."

한신의 군령은 자신과 같은 제후에게도 추상같이

엄했다.

"양왕 팽월은 나서라. 그대는 4만 대군을 들어 초의 계포가 이끄는 대군과 맞선다. 다른 부대들은 일진일퇴를 거듭할 것이니 그대가 최대한 빨리 계포를 벤 다음 다른 부대를 도와 전장을 우리 한군의 것으로 만들어야 할 것이다."

"대장군의 명을 받듭니다."

전군의 배치를 마친 한신이 모인 장수들을 흩으려 할 때 잔뜩 노한 음성이 들려왔다.

"대장군께서는 어찌하여 이 영포를 빼놓으시는 것이오!"

다른 장수들에게는 각기 임무를 주어 일전을 준비시키면서도 자신에게는 아무런 임무도 내려 주지 않으니 영포의 얼굴은 수치심에 붉게 달아올라 있었다.

영포가 누구인가?

한때 패왕의 첫 번째 부장으로 명설을 날렸던 자가 바로 영포였다.

사실 그가 패왕의 부장이 된 경위가 더욱 극적이었다.

패왕이 숙부인 항량을 따라 몸을 일으킨 지 얼마 되지 않아 영포의 터전인 구강땅에서 그 둘이 크게 맞붙은 적이 있었다.

그런데 당시 그들은 며칠에 걸쳐 수차례 접전을 벌였음에도 불구하고 끝내 승패를 가리지 못했고 그러던 차에 진나라가 전국에 관군을 풀자 각자 진나라의 군대에 맞서 싸우러 돌아갔었다.

그 이후에 영포의 무위를 높이 산 패왕이 수차례 사람을 보내 자신을 도와줄 것을 청했는데 그 정성이 어찌나 애틋하였던지 마침내 영포가 패왕의 부장이 되어 준 것이었다.

그렇게 뛰어난 무위를 가진 자신을 이 중요한 전투에서 빠뜨리니 영포로서는 여간 화나는 일이 아니었다.

또한 영포는 패왕에게 크게 원한을 품고 있는 터였다.

패왕과 한왕이 천하를 두고 크게 싸우기 시작했을 무렵 한군과 초군 양쪽에서 영포를 자신의 진영으로 끌어들이려 한 적이 있었다.

그런데 이미 자신의 부장이 된 자를 부르는 패왕의

태도와, 한왕이 보인 모습은 천양지차였다.

당시 한왕은 영포를 얻기 위해 자신의 모든 것을 쏟아부었다 해도 과언이 아닐 정도로 큰 정성을 들였다.

그렇게 영포가 마음을 바꿔 한왕을 따라나서자 패왕이 크게 노한 것은 당연지사.

그 즉시 대군을 보내 영포가 떠난 구강땅을 치게 했고 영포의 처자식을 잡아다가 삶아 죽여 버렸다.

후에 소식을 전해 들은 영포는 피눈물을 흘리며 복수를 다짐했었다.

그런데 지금 이 천재일우의 순간에서 대장군 한신이 자신의 이름을 불러 주지 않으니 어찌 노하지 않겠는가?

영포의 다급한 성냄을 본 한신의 표정에서 순간 난처함이 지나갔다.

대장군 한신은 그때껏 유지해 온 차가운 표정과 목소리를 풀며 영포에게 말했다.

"어찌 구강왕을 빼놓으려 했겠소. 다만 구강왕께 맡길 임무가 워낙 힘든 것인지라 차마 말을 못하고 있었을 뿐이오."

한신의 해명에 영포가 그제야 조금 누그러진 말투로 되물었다.

"그것이 무엇이오? 천하대세를 결정하는 전투에서 내 어찌 목숨을 아끼려 하겠소?"

영포가 그렇게까지 말하자 그렇다면 안심했다는 듯 한신이 고개를 끄덕였다.

그리고는 이내 다시 근엄한 어조로 돌아가 말했다.

"구강왕 영포는 나서라."

영포가 자리에서 일어나 한신 앞에 서자 한신은 지체 없이 명을 내렸다.

"그대는 우리 한(漢)의 선봉이 되어 패왕의 대군과 맞서라. 우리 한나라의 모든 장수들 중 오직 그대만이 패왕의 무위에 맞설 수 있으니 그대는 결코 패해서는 안 될 것이다. 오히려 패왕의 목을 베어 그 대군을 흩어 버림으로써 천하대세를 그대의 손으로 결정짓도록 하라!"

한신의 입에서 막중한 임무가 떨어지자 영포는 그제야 만족스러운 표정을 지으며 답했다.

"삼가 대장군의 명을 받듭니다."

어느덧 해가 중천에 오르자 마주 보고 있던 두 진영에서 누가 먼저랄 것도 없이 웅장한 북소리가 울렸다.

둥둥둥!

둥둥둥!

패왕은 자신의 대군을 피해 험준한 함곡관에 숨지 않고 오히려 당당히 진을 펼치고 있는 한군을 보며 희미한 미소를 보였다.

'필시 한신과 장량이 생각한 것이리라. 농성에 들어가기 전에 나의 군사를 상하게 하여 조금이라도 승률을 높여 보려는 수작일 테지. 애석하지만 두 번이나 너희 의도대로 흘러가게 둘 수는 없다.'

어느새 오추마에 오른 패왕은 모든 초군이 볼 수 있는 높은 곳으로 이동했다.

그리고 그곳에서 감히 자신의 무위를 논하고 있는 자들을 비웃듯 끝 간 데 모를 무위를 과시했다.

목소리에 한껏 기를 실어 그곳에 있는 모든 초군은 물론 한군에게까지 자신의 말을 전달한 것이었다.

"나의 군사들아! 그동안 우리는 한군과 70번이 넘게 싸워 모두 이긴 것을 기억할 것이다. 이제 마지막 하나의 전투가 남았다. 이 전투를 이겨 천하를 다시 하나로 합칠 수 있게 너희들의 모든 힘을 다하라."

마치 그곳에 모인 자들 하나하나의 귀에 대고 말하는 듯한 엄청난 무위를 과시한 패왕의 일설에 초군은 온 산이 무너질 정도의 큰 함성을 내지르며 화답했다.

이와 반대로 한군은 시작도 하기 전에 패왕의 무위에 놀라 태반이 다리가 풀려 주저앉고 말았다.

양군의 모든 이목이 자신에게로 집중되어 있음을 느낀 패왕이 한껏 뜸을 들인 후에야 보검을 뽑아 한나라 진영을 가리켰다.

"전군! 돌격!"

그와 같은 외침과 함께 패왕은 빛처럼 오추마를 달려 한군 진영으로 나아갔다.

그것을 시작으로 초나라의 모든 대장군들도 직접 선두에 나서 자신들의 병사들을 격려하며 한군을 향해 돌격했다.

한군 쪽에서도 가만히 있지 않은데, 패왕의 사자후에 유일하게 기혈이 뒤틀리지 않은 영포가 직접 수하들을 이끌고 패왕을 맞으러 나갔다.

이미 선두에 위치하고 있던 영포는 돌격해 오는 패왕을 보자 죽은 처자식이 떠올라 분노했다.

오추마를 달리던 패왕도 저편의 영포를 보자 복잡한 심경을 금치 못했다.

'천하에 화경에 오른 자는 오직 나와 영포였다. 비록 더 발전하지 못하고 그 자리에 머물러 버리기는 했지만, 그것만으로 충분했기에 그를 얻기 위해 얼마나 많은 공을 들였던가. 하나 이미 한왕에게로 돌아서 버린 너 영포여. 더 이상 나에게 자비를 바라지 말지어다.'

그렇게 패왕이 마음속으로 영포를 회상하는 동안 어느새 둘의 거리가 창을 뻗을 수 있을 정도로 가까워지자 전장의 온 시선이 둘에게 향했다.

"이놈 항우야, 내 여기서 너를 목 없는 귀신으로 만들어 한을 풀어 주리라!"

자신의 한인지 죽은 처자식의 한인지 오랜 세월 고생한 한왕의 한인지 모를 영포의 외침에 패왕은 굳이 대꾸하지 않았다.

다만 자신의 조부가 물려준 보검을 수평으로 크게

휘두를 뿐이었다.

챙!

창을 들어 패왕의 공격을 막아 낸 영포는 어느새 창을 높이 들어 올리더니 수직으로 패왕의 머리를 베어 갔다.

영포의 창에 기가 가득 머금어진 것을 본 패왕은 망설임 없이 자신의 보검에 한껏 기를 밀어 넣었고, 다음 순간 보검을 들어 영포의 창을 막았다.

그런데 바로 그 순간 비어 있던 패왕의 왼손에 기로 만든 검이 나타났다.

두 손으로 창을 쥐고 있던 영포가 깜짝 놀라 황급히 몸을 틀었으나, 이미 패왕이 만든 기의 검은 영포의 옆구리에 꽂혀 있었다.

어찌된 영문인지를 몰라 영포가 패왕에게 뭐라고 말하려고 할 때 패왕의 입이 먼저 열렸다.

"대동신공 멸!"

그와 동시에 패왕이 기로 만든 검과 영포의 몸이 '펑' 하는 소리와 함께 흔적도 없이 터져 버렸다.

그 폭발에 놀란 초군과 한군이 멍하게 있는 사이 어느새 오추마를 몰아 온 패왕은 다시 검을 들어 용저에게로 향하던 조참의 목을 베어 버렸다.

천하에 용맹을 자랑하던 두 명의 장군이 순식간에 패왕의 손에 죽어 버리자 한군의 사기는 그대로 꺾여 버렸다.

반면 초군은 하늘을 찌를 듯한 사기로 눈앞의 한군을 베어 갔다.

패왕이 더 볼 것도 없다는 듯 한군 진영의 가장 뒤에 보이는 황옥거(왕이 타는 수레)를 향해 오추마를 몰자 한왕을 호위하라 명받은 역상, 노관, 하우영이 함께 튀어나와 패왕을 가로막았다.

전생의 패왕이라면 그들의 목숨을 모두 취하는 것이 안타까워 머뭇거렸을 것이다.

하지만 다시 태어난 패왕은 그 특유의 우유부단함을 버린 지 오래였다.

잠시의 머뭇거림도 없이 패왕의 검이 종횡으로 수십 차례 휘둘러졌다.

패왕이 다시 오추마를 몰아 한왕에게 향했을 때에는 이미 그들의 몸을 사람이라 부를 수 없을 정도로 잘게 분리되어 흩여져 있었다.

너무나도 압도적인 무위를 과시하며 진격하는 패왕

을 보자 한나라의 중군은 그대로 무너져 버렸다.

아무런 방해 없이 어느새 황옥거 지척에 다다른 패왕이 보검을 집어넣고 손에 익은 창을 꺼내 들었다.

패왕은 망설이지 않고 창을 휘두르자 그 창에서 나온 엄청난 기운이 '쾅' 소리를 내며 황옥거를 박살내 버렸다.

하지만 바로 다음 순간 패왕은 그 안에 한왕이 없다는 것을 알아차렸다.

"한왕은 숨지 말고 나서라, 어디로 도망친 것이냐?"

패왕의 우레 같은 소리에 더욱 용기 백배한 초군은 마치 한군이 없는 듯 정면을 향해 돌진했다.

그 모습에 한군은 초군과 맞서기를 포기한 듯 망설임 없이 함곡관 안으로 도망쳐 들어갔다.

선두에 선 초군이 함곡관 지척에 다다를 무렵 갑자기 그들이 딛고 있던 땅이 소리 없이 사라져 버렸다.

한군이 미리 파 놓은 크고 깊은 함정에 걸려 버린 것이다.

기세가 한껏 올라 앞만 보고 돌격하던 초군은 앞에

서 무슨 일이 생긴지도 모른 채 더욱더 기세를 불태우며 돌격할 뿐이었다.

패왕이 아차 싶어 뭐라 명을 내리려는 순간 함곡관 성벽 위에서 화살비를 퍼붓기 시작했다.

제법 크다고 하는 성벽의 높이보다 족히 세 배는 높은 함곡관이었기에 그들이 쏘아 대는 화살은 여느 화살보다 훨씬 강력했다.

순식간에 초군의 진영이 크게 흐트러지자 이를 놓치지 않고 한군이 다시 관문을 열고 쏟아져 나왔다.

또한 어디에 숨어 있었는지 모를 한군까지 쏟아져 나오며 어느새 초군의 뒤까지 막아 버렸다.

그야말로 독안에 든 쥐 신세가 된 초군은 포위를 뚫기 위해 더욱 거세게 전진했지만, 앞으로 나아갈수록 한군이 미리 파놓은 함정의 수가 많아 오도 가도 못하는 신세가 되어 버렸다.

상황이 그 지경에 빠져 버리자 초군의 지휘 체계가 먼저 무너져 각 군을 이끄는 대장군의 군령이 아래의 병졸들에게 전달되지 못했다.

하지만 한군은 이미 그 상황을 예견했다는 듯 하나로 뭉쳐 초군의 지휘관들을 노리고 달려들었다.

그중 가장 왼편에 있던 환초의 상황이 위태로웠다.

복병을 만나 큰 피해를 입은 데다 대장군 한신의 부장으로 천하에 이름을 떨치고 있는 공희와 진하가 함께 환초를 들이친 것이었다.

환초 또한 용력이 남달라 그들 중 하나와 맞선다면 오히려 우위를 점할 수도 있지만 둘을 함께 상대하기에는 아무래도 무리가 있었다.

그래도 환초는 그 명성에 걸맞는 무위를 뽐내며 그들의 공격을 잘 막아 냈다.

그 바람에 시간을 얻은 환초 수하의 다른 장수들이 서둘러 환초를 구하기 위해 공희와 진하에게 달려들었다.

하지만 그들의 시도는 뜻밖에도 한나라 최고의 용장 관영에 의해 막혀 버렸다.

관영이 천하가 알아주는 자신의 기마대를 이끌고 공희와 진하를 도우러 나타난 것이었다.

둘과 맞서는 것만 해도 벅찼는데 관영까지 가세해 버린다면 환초의 목숨은 어찌될지 장담할 수 없는 상황이 되어 버린 것이다.

그런데 바로 그 순간 초군의 뒤편에서 우레와 같은 함성을 지르며 한 떼의 기마대가 난입했다.

"기장 관영 따위가 어찌 우리 대장군께 맞서느냐?!"

천하가 다 알아주는 자신을 저따위로 무시하는 이가 누군지 궁금한 건지, 아니면 괘씸한 놈부터 죽이려는 건지 몰라도 관영은 환초를 버리고 소리가 나는 쪽을 향했다.

관영이 고개를 돌려보니 이제 약관을 갓 넘어 보이는 애송이가 감히 자신을 도발한 것이었다.

여느 때 같으면 그 기상을 높이 사 살려 주었을 수도 있지만 천하의 주인을 가리는 마지막 전투가 한창인 지금 상황에서는 도저히 돌려보내 줄 수 없었다.

마음을 정한 관영이 어느새 창을 들어 자신을 향해 돌진하는 청년 장수를 찔러 갔다.

그런데 반전은 애송이라 여겼던 청년 장수가 관영이 내지른 창을 가볍게 피한 다음 오히려 창을 내질러 일격에 관영의 목을 뚫어 버린 것이다.

거기서 그치지 않고 청년 기마대장은 진하와 연합하여 환조를 공격하던 공희에게 달려들었다.

"초의 경성이 여기 있다. 네가 맞서 보겠느냐?!"

방금 관영의 목이 떨어지는 것을 본 공희였지만 지지 않고 경성의 기세에 맞섰다.

"초나라에는 그렇게 사람이 없더냐? 어찌 젖먹이에게까지 장수를 시키는 것인가?"

말을 마친 공희가 다가오는 경성을 향해 자신의 애검을 휘둘렀다.

하지만 경성은 이번에도 가볍게 창을 들어 공희의 검을 막아 버렸다.

그리고 말이 교차하는 순간 창을 들어 순식간에 창을 두 번 찔러 버렸는데 한 번은 공희가 타고 있는 말의 배를 찔러 말이 주저앉게 만들었고, 그다음 공격으로 말 등에 매달려 같이 떨어지는 공희의 등을 꿰뚫어 버렸다.

"으악~"

공희의 비명소리를 듣자마자 경성을 황급히 자신의 기마대를 몰아 전장을 다른 곳을 향했다.

홀로 남은 진하 따위에게 환초가 무너질 리 없다고 믿기 때문이었다.

과연 오래지 않아 경성의 등 뒤로 진하의 비명소리

가 들려왔다.

저편에서 환초의 위급함을 알아차려 다급히 오추마를 몰아가던 패왕은 갑자기 나타난 경성이 한 차원 높은 무위를 뽐내며 전장을 주도하는 모습을 목격하고서는 크게 기뻐했다.

'좋다. 이제 결판을 낼 때다.'

마음속으로 결단을 내린 패왕이 큰 소리로 초군들에게 명했다.

"전군 함곡관 안으로 진입하라!"

굳게 닫힌 함곡관 안으로 진입하라는 패왕의 명에 한군은 고개를 갸웃거렸지만 초군은 마치 다음 장면이 어떨지 이미 알고 있다는 듯 상대하던 눈앞의 적을 내버려 둔 채 정말 함곡관의 성문 쪽으로 돌격해 나갔다.

선두에서 오추마를 몰아 함곡관 성문을 향하던 패왕은 거리가 코앞까지 줄어들자 보검을 크게 휘두르며 외쳤다.

"대동신공 파!"

패왕의 외침과 동시에 그의 보검에서는 엄청난 검기가 마치 파도처럼 쏟아져 나와 함곡관의 성문을 그대로 덮쳐 버렸다.

쿵!

펑펑펑!

폭발음과 함께 함곡관의 성문이 사라져 버리자 패왕을 선두로 한 초군이 함곡관 안으로 난입해 버렸다.

성문을 통과하자마자 패왕은 등 뒤를 향해 수차례 검풍을 날려 성벽 위에 있던 궁수들이 딛고 있던 바닥을 무너뜨려 버렸다.

그렇잖아도 무서운 기세로 진격하던 초군은 화살비까지 멈추자 더욱 거침없이 함곡관 안으로 달려들었다.

한편 함곡관에서 가장 높은 곳에 자리 잡은 망루 안에서는 다급함이 한창이었다.

"대왕, 어서 피신할 채비를 하셔야 합니다."

거듭되는 장량과 한신의 재촉에도 한왕은 그저 멍하니 하늘만 올려다볼 뿐이었다.

'이렇게 끝나는 것인가? 지난 시간이 마치 꿈과 같구나. 하늘이 나를 버렸는데 어디로 간들 다를 것이

있으리오.'

한왕이 그렇게 체념하며 시간을 지체하는 동안 어느새 패왕의 오추마가 가쁜 숨을 거칠게 내쉬며 그들 앞에 나타났다.

죽음을 각오한 탓일까?

한왕은 전에 없는 당당함으로 패왕을 맞았다.

"오셨는가?"

그토록 자신을 피해 도망쳐 다니던 한왕이 바로 앞에서 당당히 자신과 마주하자 패왕은 마침내 그들이 최후의 순간을 맞고 있음을 느꼈다.

그래서일까? 패왕은 한결 부드러운 표정을 지으며 한왕에게 답했다.

"형께서는 어찌 도망치지 않고 나를 기다리고 계시었소?"

패왕의 숙부인 항량이 살아 있던 시절에 패왕과 한왕은 형제의 연을 맺은 적이 있었다.

한눈에 한왕의 그릇을 알아본 항량이 자신이 죽고 없어져 버리면 혼자 남아 고생할 패왕에게 힘이 되어 주라니 당시로서는 보잘것없던 한왕에게 파격적인 제안을 한 것이었다.

한왕은 당연히 그 제안을 받아들여 저 둘은 한때나마 형제의 연을 맺은 사이였다.

특이한 것은 큰 연배 차가 있음에도 불구하고 한왕이 끝까지 형의 자리를 받아들이지 않았다는 것이었다.

그때의 일을 패왕이 새삼 꺼내며 한왕에게 정을 드러낸 것이다.

그런 패왕의 물음에 한왕이 껄껄 웃으며 답했다.

"이미 하늘에게 버림받은 터에 갈 데가 어디 있겠는가?"

의외의 다정함을 보이는 패왕의 모습에 장량이 얼른 끼어들어 한왕의 목숨을 구걸했다.

"대왕, 부디 형제의 연을 맺은 우리 대왕을 해하지 말아 주십시오."

장량의 외침에 한신은 혹시나 하는 눈빛으로 기대를 나타냈지만 한왕은 가만히 고개를 가로저을 뿐이었다.

패왕이 대답을 않고 뜸을 들이자 오히려 한왕이 입을 열어 장량을 말렸다.

"자방, 아니 될 말씀 마시구려. 형제의 연이 크다

하나 어찌 나라의 안녕보다 중하다 할 수 있겠소. 이 몸이 살아 있는 한 크고 작은 분란이 그치지 않을 것이니 패왕으로서도 선택의 여지가 없는 것이라오."

이미 죽기를 각오한 한왕의 말에 장량이 통곡했다.

마음속 깊은 곳에서 올라오는 동정을 애써 밀어낸 패왕이 굳이 무심한 목소리를 내며 한왕에게 말했다.

"형의 자식은 그대로 두어 제사가 끊어지지 않게 하겠소."

"허허허, 고맙구려. 그런데 패왕."

"말씀해 보시오."

"장차 천하를 다스리려면 많은 인재가 필요할 것이니 이 몸의 수하들도 부디 거두어 주심이 어떠시오?"

한왕의 물음에 패왕이 잠시 뜸을 들이다 답했다.

"아니 될 말씀이오. 저들은 이미 한번 나를 떠났던 터라 온전히 믿기 어렵기 때문이오."

패왕의 답에 한왕은 얼굴 가득 애석한 표정을 나타냈지만 말없이 고개를 끄덕였다.

한동안 이어진 그들의 문답 탓에 어느새 모여든 초군과 한군이 고개를 들어 그들의 상황을 지켜보았다.

꽤나 많은 인원이 모여들자 한왕은 이제 되었다는 듯 고개를 끄덕이며 망루 앞으로 나섰다.

"그대들은 부디 패왕에게 대적하지 말고 하늘의 호생지덕을 누리도록 하라. 이미 천명은 패왕에게 향했음이라."

말을 마친 한왕은 차고 있던 보검을 빼어 스스로 목을 찔러 버렸다.

천하를 놓고 다툰 패자이기에 그와 같은 여유로움까지 가질 수 있었던 것일까?

한왕은 승자인 패왕이 굳이 자신의 목을 쳐 인정 없어 보이는 일이 없도록 스스로 목을 찌르는 고통을 감내했고, 어차피 끝난 마당이니 결과에 승복하라는 뜻까지 전달하여 자신의 사후에 혹시 모를 혼란을 방지하고자 했다.

패왕 역시 너그러움을 보였는데 자신의 휘하에 있다 변심하여 한왕을 따른 이들은 모두 처형했지만, 원래부터 한왕을 따르던 이들은 해치지 않았다.

이로써 두 용이 여의주를 다투듯 치열했던 두 영웅의 전하쟁패가 끝이 났으니 이는 초나라 고제 8년 4월 초하루의 일이다.

에필로그

에필로그

패왕우희(霸王遇姬).

세상의 모든 연인은 그들 둘만 아는 비밀이 있다.

그것은 연인이어야 알 수 있는 상대방의 습관도 있고 혹은 둘만의 추억이 담긴 어떤 것일 수도 있다. 그리고 그들만의 약속도 있다.

처음 우희에게 미인의 품계를 내려 황후가 될 자격을 준 그날.

항우는 당연히 그녀가 전에 없이 기뻐할 줄 알았다.

천하 여인 중 가장 귀한 존재가 될 자격을 받은 것
이니만큼 당연히 그런 반응을 보이리라 생각했다.

하지만 그날 저녁 우희는 엉뚱한 소리를 늘어놓았
다.

"상산(常山)에 가고 싶어요."

밑도 끝도 없는 그녀의 말에 항우가 고개를 갸우뚱
거리며 답했다.

"거긴 그저 돌산이라 구경할 만한 게 없다오."

하지만 우희는 지지 않고 맞섰다.

"그래도 꼭 가야 해요!"

여태껏 보아 온 순종적인 우희의 모습과 너무 다른
모습에 당황한 항우가 머뭇거리자 우희는 다시 그를
다그쳤다.

"같이 가 주실 거죠?"

그제야 항우가 힘껏 고개를 끄덕였다.

"그리하자. 천하가 태평해지면 상산부터 들르자꾸
나."

항우의 허락에 얼굴 가득 환한 웃음을 짓는 우희의
모습이 눈부셨다.

한걸음에 항우에게 다가와 덥썩 그를 끌어안은 우

희가 항우의 귀에 대고 속삭였다.

"상산 꼭대기에는 아주 오래된 탑이 있다고 들었어
요."

"산꼭대기에 탑이?"

"그렇다니까요~ 그런데 그게 알고 봤더니 하백(강
의 신)이 딸들을 위해 지어 놓은 탑이었다고 해요."

그렇잖아도 대체 어디서 무슨 소리를 듣고 이 난리
를 치나 궁금했던 항우는 잠자코 우희의 말을 들어보
기로 했다.

항우가 자신의 말에 귀를 기울이는 듯하자 우희는
신이나 떠들어 대기 시작했다.

"큰 딸과 작은 딸은 시집을 가기 전에 그 탑에 들
러 하백이 미리 준비해 둔 화목의 복을 찾아가 잘 살
았데요. 그런데, 억지로 시집을 가게 된 막내딸은 시
집가는 게 너무 싫어서인지 그만 그곳을 들리지 않고
가 버렸데요. 그다음에 막내딸이 행복했는지 불행해
졌는지는 전해지지 않지만 언제부턴가 부부가 상산의
그 탑에서 백년해로를 빌면 반드시 이뤄진다고 해
요."

그제야 우희가 왜 이렇게 막무가내였는지 이해가

된 항우는 소리 없이 빙그레 웃고 말았다.

이 순진한 여인은 정말로 그걸 믿는 것일까? 그렇게 되고 싶다는 것인가? 그도 아니면 반드시 그렇게 만들겠다는 다짐을 하는 것일까?

이것이든 저것이든 자신과 오래도록 함께하고픈 그녀의 고운 마음이었기에 항우의 눈에는 그 고집스러운 모습마저도 사랑스러워 보였다.

그런 항우의 마음을 아는지 모르는지 혼자 진지한 우희는 다시 한 번 전에 없이 단호한 어조로 항우에게 요구했다.

"그러니 우리는 꼭 가야 해요. 그렇게 해 주실 거죠?"

단호한 목소리와는 달리 우희의 눈은 벌써 눈물이 그렁그렁했다.

여인의 그런 부탁을 어느 사내가 거절하겠는가?

하지만 만의 하나라도 겁부터 나는 것이 사랑에 빠진 여인의 마음이었다.

항우는 대답 대신 그런 그녀를 깊이 끌어안았다.

말하지 않았고 듣지도 못했지만, 안고 있는 두 남녀는 그렇게 상대에게 자신의 뜻을 전했고 또 전달

받았다.

입술이 아닌 심장의 대화.

패왕이 한왕을 무너뜨리고 천하를 차지한 날 밤.

우 미인은 마치 처음부터 그곳에 있었다는 듯 깊이 잠든 패왕의 앞에 나타났다.

패왕은 잠이 든 상태에서도 그곳에 우미인이 있다는 것을 느낄 수 있었다.

사뿐히 걸음을 옮겨 패왕의 머리맡으로 다가간 우미인은 살짝 침상에 걸터앉은 채 패왕의 얼굴을 안았다.

혹시 꿈일까 싶어서, 그래서 눈을 뜨면 사라져 버릴까 싶은 마음에 패왕은 차마 감은 눈을 뜨지 못했다.

그런 패왕의 귓속에 우미인의 속삭임이 들려왔다.

"찾았다."

패왕은 더 참지 못하고 우미인을 끌어안으며 눈을 떴다.

그대로였다.

자신과 마지막으로 헤어진 그때 그대로였다.

'다음 생에는 제가 당신을 찾을게요'라며 자신보다 슬픈 눈빛을 한 채 죽어 간 그날의 모습이 겹쳐 혼란

스러워하는 패왕의 귓속에 다시 우미인의 속삭임이
들려왔다.

"늦어서 미안해, 차니야."

다음 날 아침 승리한 초군이 고향으로 개선을 서두
르고 있을 때 앳된 얼굴 가득한 한 무리의 기마대는
때 아닌 가마를 준비하느라 여념이 없었다.

근처 마을에서 구해 온 가마를 열심히 고치고 있는
병졸 하나에게 마침 그곳을 지나가던 범증이 얼굴 가
득 미소를 띠며 물었다.

"대왕께서 나들이라도 가신다 하시더냐?"

"예, 군사님. 상산을 들러 개선하실 것이라 들었습
니다."

병사의 대답에 얼굴 가득 환한 웃음을 머금은 범증
의 모습이 흐려져 갔다.

〈『무신』 제5권 完〉